늘 자유롭고 행복하세요.
당신은 자격이 충분합니다.

To.

From.

1년 365일이면 충분하다.

매일 아침 한 번씩, 365번만 하자. 그리고 1년 후 마음이 바뀐
그래서 운명이 바뀐 나 자신을 마주하자.

운명을 바꾸는

365일

– 마음 편 –

이종명 지음

프로방스

서 문

내 운명의 주인이 되어 행복하고 자유로운 삶을 살아 보자.

● 내 운명을 바꾸고자 꾸준히 노력하는 것을 〈수행〉이라 한다. 지금까지 수행자로 살아오며 절감하고 체험한 것은 〈일체유심조〉 모든 것이 내 마음에 달려 있다는 점. 마음 하나 잘 먹으면 이곳이 천국이요 이 사람은 천사다. 근데 마음 한 번 잘못 내면 여기가 지옥이요 저 사람은 악마다. 마음이 긍정적이고 희망적인가 아니면 부정적이고 절망적인가에 따라 현재와 미래의 삶이 결정된다. 단 한 사람의 예외도 본 적이 없다.

● 그럼 긍정적, 희망적 마음을 어떻게 가질 수 있을까? 두 가지 경우가 있다. 하나는 죽음을 직면해 보는 것. 죽음이라는 극한 상황을 겪어 보면 확연한 깨달음을 얻는다. 살아 있다는 것이 얼마나 감사한지. 주변 사람들, 평범한 일상이 얼

마나 소중한지. 이때 내 카르마(Karma) 즉, 마음이 확 바뀐다. 다른 하나는 끊임없이 세뇌 교육을 하는 것이다. 매일 아침 감사의 기도를 1년 정도 하면 뇌가 감사를 무의식적으로 받아들인다. 즉 마음이 변한다. 마음은 생각과 의지로 바뀌지 않는다. 오로지 꾸준한 세뇌 연습을 통해 서서히 바뀐다. 왜냐하면 하루아침에 만들어진 것이 아니기 때문.

● 지난 십 수년간 우리가 존경하고 귀감이 되는 사람들의 말씀을 모아 왔다. 이분들의 공통점은 긍정과 희망, 감사의 마음이 넘친다는 것. 그 말씀을 하루에 하나씩 마음에 새기며 내 운명을 바꿔보자. 1년 365일이면 충분하다. 매일 아침 한 번씩, 365번만 하자. 그리고 1년 후 마음이 바뀐 그래서 운명이 바뀐 나 자신을 마주하자. 생각만 해도 흐뭇하지 않은가.

● 내 운명의 주인이 되어 행복하고 자유로운 삶을 살아 보자.

지은이 **이종명**

Contents

차례

이 책의 사용방법

매일 아침 정신을 차리고 일을 시작하는 곳에 이 책을 둔다. 집 서재 책상도 좋고 회사 사무실 책상도 좋다. 일을 시작하기 전 자리에 앉아 3분 정도 가볍게 명상한다. 그리고 책을 펴고 하루에 한 장씩 아래를 반복한다.

- 오늘의 글을 정독해서 3회 읽는다.
- 글의 의미를 이해한다.
- 오늘의 글을 정성스럽게 필사한다.
- 나의 다짐과 느낌을 적어 본다.

중간중간 시간이 날 경우, 지난날의 다짐을 살펴보고 재필사 해본다 이 책은 1년 동안 가장 친한 친구이자 스승으로 늘 가까이한다.

운명을 바꾸는

365일

- 마음 편 -

01 일

오늘의 글

마음에 들지 않는 사람들 생각으로 단 1분도 낭비하지 마라.

– 아이젠하워

이해하기

사람의 이런 말, 저런 행동 때문에 늘 사로잡힙니다. 괴롭습니다. 결국 상대의 말과 행동에 내가 종노릇 하는 것. 다른 사람에 대한 부정적 생각이 떠오르면 바로 알아차리고 의도적으로 외면해야 합니다. 왜냐하면 나는 종이 아니라 주인이니까. 오늘도 나는 내 인생의 주인입니다. 감사합니다.

필사와 다짐

년 월 일

02 일

오늘의 글

행복의 문이 닫히면 다른 하나의 문이 열린다. 그러나 우리는 닫힌 문만 보고 있다.

– 헬렌 켈러

이해하기

낮과 밤, 봄 · 여름 · 가을 · 겨울이 있듯 세상은 순환한다. 문이 열리기도 하고 닫히기도 한다. 이 이치를 모르고 닫힌 문만 보고 있다면, '내일' 이 있다는 것을 모르는 하루살이와 무슨 차이가 있을까. 하루에 충실하며 느긋하게 기다리면 문은 반드시 다시 열린다. 때가 되면 해가 뜨고 봄이 오듯. 오늘도 느긋합니다. 감사합니다.

필사와 다짐

년 월 일

03 일

오늘의 글

없는 것에 슬퍼 말고 가진 것에 최선을 다했어요.

– 이희아(네 손가락 피아니스트)

이해하기

관점을 어디에 둘 것인가? 없는 것을 슬퍼하고 아쉬워하고 절망하며 살 것인가. 지금 가진 것에 감사하고 아끼며 성장시키며 살 것인가. 관점에 따라 인생의 결과는 확 바뀐다. 부정과 슬픔의 마음을 걷어 내고 긍정과 감사의 마음을 내야 한다. 희아의 아름다운 피아노 소리는 그렇게 만들어졌다. 고맙고 감사합니다.

필사와 다짐

년 월 일

04 일

오늘의 글

지혜란 내가 할 수 있는 일과 할 수 없는 일을 구별하는 힘이다.

– 성프란치스코

이해하기

내가 할 수 있는 일은 아무 문제가 없다. 그러나 하고 싶은데 할 수 없는 일을 만났을 때 괴롭다. 이것을 '욕심'이라 한다. 내가 모든 일을 할 수 없다. 만약 내 뜻대로 모두 된다면 이 세상은 지옥이 될 것이다. 할 수 없는 일을 쿨하게 놓을 수 있는 힘. 이를 '용기'라 한다. 오늘도 쿨하게 가자. 감사합니다.

필사와 다짐

년 월 일

05 일

오늘의 글

내부의 적이 가장 무섭다. 그중 나태해지는 나 자신이 으뜸의 적이다.

– 법산

이해하기

사마천은 사기에서 외부의 적보다 내부의 적이 더 무섭다고 강조했다. 내부의 적 중 나 자신이 가장 무섭다. 특히 나태해지고 교만해지는 마음. 그래서 성인들은 '마음 챙김' 을 중요시했다. 지금 내 마음이 어떤지 늘 알아차리고 경계해야 한다. 지금 내 마음은 어떤가요? 오늘도 잘 살피겠습니다. 감사합니다.

필사와 다짐

년 월 일

06 일

오늘의 글

尙有十二 舜臣不死(상유십이 순신불사) 여전히 12척의 배가 있고 저 순신은 죽지 않았습니다.

– 이순신

이해하기

담대한 마음이다. 최악의 상황에서 저런 말을 왕에게 고한다. 다시 시작하겠다는 결연한 마음. 아픈 과거에 대한 집착을 버리고 지금, 여기 현재에 최선을 다하겠다. 그래서 다시 승리의 미래를 도모하겠다. 우리는 이분을 자랑스러운 영웅으로 칭한다. 오늘도 최선을 다해 보자. 감사합니다.

필사와 다짐

년 월 일

07 일

오늘의 글

보석은 마찰 없이 가공될 수 없고,
사람은 시련 없이 나아갈 수 없다.

– 한상복

이해하기

앞으로 걸어 나갈 수 있는 것은 내 발바닥과 땅의 마찰 때문. 마찰의 작용으로 앞으로 나아가는 반작용이 생기는 것이다. 자연법칙이다. 살아가는 데 마찰이 없고 시련이 없다면 나아가고 성장할 수 없다. 마찰 없이 보석은 만들어지지 않는다. 오늘도 한 발 한 발 마찰을 딛고 나아간다. 감사합니다.

필사와 다짐

년 월 일

08 일

오늘의 글

비관론자는 모든 기회 속에서 어려움을 찾아내고 긍정론자는 모든 어려움 속에서 기회를 찾아낸다.

– 처칠

이해하기

2차 대전을 승리로 이끈 처칠 수상의 힘이 바로 긍정이다. 어렵지만 기회를 찾자. 희망을 품자. 그리고 물러서지 말고 한 발 한 발 나아가자. 긍정은 어려운 상황에서 진면목을 나타낸다. 기회도 만든다. 그 기회를 잡는 사람은 긍정론자. 오늘도 긍정으로 힘차게 나간다. 감사합니다.

필사와 다짐

년 월 일

09 일

오늘의 글

농부가 씨를 뿌리고 잘 가꾸어 수확하는 것이 경제 원리의 기본이다.

– 월주

이해하기

허황된 마음을 가지면 안 된다. 좋은 수확을 얻으려면 좋은 씨를 뿌려야 한다. 많은 수확을 얻으려면 많은 씨를 뿌려야 한다. 그리고 여름내 잘 가꾸어야 한다. 수확은 그렇게 만들어진다. 세상의 원리이고 경제의 원리다. 원인과 과정이 없는 결과는 없다. 오늘도 씨앗을 뿌린다. 감사합니다.

필사와 다짐

년 월 일

10일

오늘의 글

일신우일신(日新又日新) – 날마다 새로울 것이고 또 날마다 새로울 것이다.

– 대학

이해하기

중국 은나라를 세운 탕왕이 대야에 이 글을 새기고 매일 아침 세수를 하며 마음을 다졌다고 한다. 오늘도 학문을 연마하고 덕성을 함양하여 매일매일 새로워지리라. 늘 새로운 마음으로 매일매일 성장하리라. 절대 어제에 연연하지 않고 오늘을 새롭게 살리라. 감사합니다.

필사와 다짐

년 월 일

11 일

오늘의 글

결국 노래뿐이었다. 나는 노래에 승부를 건 여자입니다.

– 조수미

이해하기

결연한 마음이다. 무언가 큰 성취를 하려면 결연한 마음이 있어야 한다. 이런 마음을 가진 사람은 많지 않다. 10% 미만. 이런 마음이 있다고 꼭 좋다고 말할 수도 없다. 세상은 내 마음대로 다 이루어지지 않기 때문. 그러나 큰 성취를 이루려면 필요한 마음이다. 결연한 마음보다 가벼운 마음이 행복에는 더 도움이 된다. 오늘도 가볍게 출발하자. 감사합니다.

필사와 다짐

년 월 일

12일

오늘의 글

나는 지금 대기업 회장보다 더 맛있게 먹고 더 평화롭게 잘 수 있다.

– 법산

이해하기

대기업 회장은 고영양, 고품질 음식을 먹고 최고의 침대에서 잘 수 있다. 하지만 열심히 일한 나는 무엇이든 맛있게 먹을 수 있고 어디서든 편안히 숙면을 취할 수 있다. 왜냐하면 몸을 충분히 사용했고 신경 쓸 일이 별로 없기 때문. 평범하고 소박한 내 팔자가 좋은 것이다. 오늘도 감사합니다.

필사와 다짐

년　　월　　일

13 일

오늘의 글

자신을 국보로 여기고 정말 조심조심 다루세요.

– 양주동

이해하기

늘 자신이 '국보 1호' 라 칭하며 다닌 천재 국문학자. 남들에게 가장 많이 한 이야기도 자신을 국보같이 소중히 여기고 소중히 대하라는 말씀. 내가 나를 소중히 여기지 않는데, 어떻게 남을 소중히 여길 수 있으며, 어떻게 남이 나를 소중히 대해줄까. 나는 정말 소중한 존재입니다. 감사합니다.

필사와 다짐

년 월 일

14 일

오늘의 글

산다는 것은 달리기 시합이 아니라
한 걸음 한 걸음 음미하는 여행이다.

– 무명

이해하기

아침에 허겁지겁 일어나, 허겁지겁 출근해, 허겁지겁 일하고, 허겁지겁 밥 먹고, 멍하게 TV 보다, 허겁지겁 잔다. 아침에 여유롭게 일어나, 여유롭게 출근해, 여유롭게 일하고, 여유롭게 밥 먹고, 여유롭게 자보자. 한마음 돌이키면 시합이 아니라 여행이 된다. 오늘도 여유롭게 여행을 떠나자. 감사합니다.

필사와 다짐

년　　월　　일

15일

오늘의 글

성공했든 실패했든 모두 과거일 뿐이다.
지금이 미래다.

– 안철수

이해하기

좋았든 나빴든 모두 지나간 과거다. 과거에 사로잡히면 현재를 살 수 없다. 과거가 현재가 되고 현재가 미래가 된다. 이를 '윤회'라 한다. 윤회의 사슬을 끊고 새로운 미래를 만들기 위해서는 지금 여기 현재에 집중해야 한다. 과거는 모두 꿈. 꿈에서 깨어 오늘을 살아야 한다. 감사합니다.

필사와 다짐

년 월 일

16 일

오늘의 글

인생은 두루마리 휴지 같아서 갈수록 빨리 풀린다.

– 법산

이해하기

나이가 30이면 30km/h, 60이면 60km/h 속도로 시간이 간다고 말한다. 심리적인 말이나 과학적으로 증명된 말. 즉 아인슈타인 '상대성 이론' 이다. 시간의 속도는 중력에 좌우되는데, 중력이 세면 늦게 가고 중력이 작으면 빨리 간다. 즉 젊어서는 모든 것이 새로워 세상의 압력이 높다. 시간이 느리게 간다. 나이를 먹고 세상 물정 뻔히 알면 느끼는 압력이 낮아져 빨리 간다. 자연법칙이다. 시간을 늘리고 싶다면 새로운 일을 마구 벌이고 이 세상 고민을 다 하면 된다. 어떻게 살 것인가?

필사와 다짐

년 월 일

17 일

오늘의 글

내 디자인을 그렇게 욕하던 사람들도 결국 내 옷을 입더군요.

– 피에르 가르뎅

7월 7일, 1922년

패션 디자이너 피에르 가르뎅 출생

1922년 7월 7일 이탈리아 베네치아에서 세계 패션의 혁명가 피에르 가르뎅이 태어났다. 프랑스계 부모 덕분에 일찌감치 프랑스 패션계에 수습생으로 일을 배운 후 디오르 사에서 3년 동안 일하면서 '뉴룩'의 탄생에 참여했던 그는 28세에 독립해 무대와 영화 의상으로 명성을 쌓았다. 파리 프렝탕 백화점에서 기성복 패션쇼로 파장을 일으켜 많은 사람들에게 맞춤복이 아닌 고급패션

이해하기

한 분야에 일가를 이룬 사람들의 특징은 '심지'가 있다. 즉 굳건한 마음, 믿음이 있다. 그래서 남들 말에 좌지우지되지 않고 자기 길을 꾸준히 간다. 그렇게 꾸준하기에 결국 일가를 이룬다. 내가 하는 일이 남에게 피해를 주지 않는 한 무슨 일이든 꾸준히 하면 된다. 남들의 말은 계속 바뀔 것이다. 현혹되면 안 된다. 오늘도 나의 길을 간다. 감사합니다.

필사와 다짐

년　　월　　일

18 일

오늘의 글

내가 건강히 살아 있는 한 시련은
있을지언정 실패는 없다.

– 정주영

이해하기

현대그룹 정주영 회장의 대표 말이며 마음가짐. 무슨 일을 하든 시련이 있음을 안다. 그러나 결코 실패는 없다. 왜냐하면 절대 포기하지 않기 때문. 성공의 반대말은 실패가 아니라 포기다. 분명한 목표를 가지고 죽을 때까지 행하는 사람에게 실패가 있을 수 없다. 포기하지 않기 때문. 오늘도 꾸준하게 나아간다. 감사합니다.

필사와 다짐

년 월 일

19 일

오늘의 글

Follow your heart. 너의 마음을 따르라. 결코 남을 따라가지 마라.

– 스티브 잡스

이해하기

당신 마음이 느껴지는 그 길을 가라. 누구나 그 길을 원한다. 하지만 대부분 못 간다. 2가지 이유. 첫째, 내가 내 마음을 잘 모른다. 무엇을 진정 원하는지 모른다. 둘째, 알아도 행할 수 없다. 기존 삶의 습관과 중독이 너무 강해 금방 포기한다. 작심삼일. 늘 내 마음을 알아차리고 꾸준히 해야 한다. 오로지 연습뿐이다. 감사합니다.

필사와 다짐

년 월 일

20 일

오늘의 글

누구나 알고 있는 길은 안전하지만
그곳에는 기회가 없다.

– 아인슈타인

이해하기

삶은 두 가지 길이 있다. 안전한 길과 불안전한 길. 안전한 길은 누군가 미리 밟아 놓은 길이고 결과가 뻔히 보인다. 불안전한 길은 아직 누구도 밟지 않은 새로운 길로 기회와 두려움이 있다. 어떤 길이 좋다고 말할 수 없다. 분명한 건 기회와 안전은 공존하지 않는다는 점. 나의 선택이다. 오늘도 행복합니다. 감사합니다.

필사와 다짐

년 월 일

21 일

오늘의 글

마음이 산란하면 병이 생기고 마음이 안정되면 있던 병도 낫는다.

– 허준

이해하기

최근 주목받는 의학 분야가 심신의학(Mind-Body Medicine). 마음과 몸의 연관성을 찾아 몸의 병을 고치기 위해서는 어떤 심리적 치료를 해야 하는지 연구하는 학문. 허준 선생님은 동의보감에서 강조하셨다. 병의 원인은 산란한 마음이고, 마음을 다스리는 것이 병을 치료하는 방법이라고. 핵심은 마음이다. 오늘도 편안합니다. 감사합니다.

필사와 다짐

년 월 일

22일

오늘의 글

사람들은 완벽한 사람 보다 약간 빈틈 있는 사람을 좋아한다.

– 애론슨

이해하기

미국 심리학자 애론슨 교수가 실험으로 밝힌 인간의 심리. 사람은 완벽한 사람보다 실수와 허점을 보이는 사람에게 더 큰 매력을 느낀다. "실수 효과(Pratfall effect)"라 한다. 왜 그럴까? 완벽한 인간은 없기 때문. 완벽한 척을 할 뿐. 완벽하지 않은 인간이 정상이다. 실수하는 나는 인간적 매력이 있다는 뜻. 실수해도 좋다. 오늘도 가볍게 간다. 감사합니다.

필사와 다짐

년 월 일

23 일

오늘의 글

건강은 가장 큰 이익이고, 만족은 가장 큰 재산이며, 배움은 가장 큰 기쁨이다.

– 법산

이해하기

곰곰이 생각해 보자. 건강을 잃는 것이 가장 큰 손실이다. 만족할 수 있다면 굳이 큰 재산을 모으려 애쓸 필요가 없다. 지속 가능한 기쁨을 원한다면 지적 즐거움을 추구하는 배움만큼 좋은 것이 없다. 건강, 만족, 배움이 있다면 늙어 죽을 때까지 행복하게 살 수 있다. 지금 이대로 행복할 수 있다. 오늘도 행복합니다. 감사합니다.

필사와 다짐

년 월 일

24 일

오늘의 글

어려움이 닥치면 삼류는 울고 이류는 입술을 깨물고 일류는 웃는다.

– 용혜원

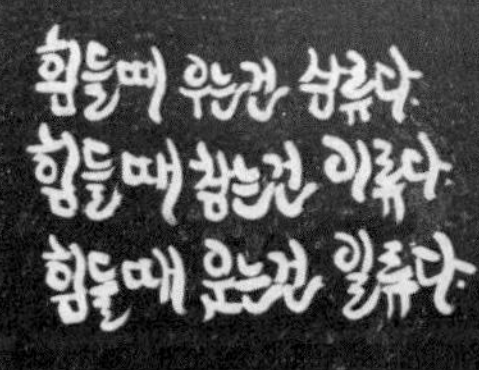

이해하기

삼류, 이류, 일류의 차이는 무엇인가? 마주하는 자세다. 어려움과 마주할 때, 이 어려움을 어떻게 보고 대할 것인가의 차이. 억울하다고 생각하면 울 것이요. 참아 내겠다고 생각하면 입술을 깨물 것이요. 성장의 기회로 생각하면 웃을 것이다. 마음의 자세에 따라 일류, 이류, 삼류가 정해진다. 늘 웃음을 선택한다. 감사합니다.

필사와 다짐

년 월 일

25 일

오늘의 글

기업은 창조적 전문가를 절실히 원한다.
구직난이 아닌 구인난이다.

– 이시형

이해하기

하나의 분야를 10년 이상 매진하면 전문가가 된다. 창조적이라 함은 유연함을 말한다. 변화 환경에서 그 본질과 흐름을 잘 이해하고 나를 고집하지 않고 기꺼이 변화할 수 있는 능력. 지금 같은 빠른 변화의 시대에 창조적 전문가가 절실하다. 고집하지 않는 열린 마음(Open Mind)이 절실하다. 오늘도 고집하지 않는다. 감사합니다.

필사와 다짐

년 월 일

26 일

오늘의 글

사소한 일이라도 기뻐하라. 싱글벙글 웃어라. 어린아이처럼 웃어라. 주위 사람들도 덩달아 즐거워할 만큼 기뻐하라. 시간이 그리 많지 않다.

– 니체

이해하기

감정은 전염된다. 소리 에너지는 전달된다. 즐거운 사람 옆에 있으면 웃게 된다. 슬픈 사람 옆에 있으면 울게 된다. 웃음 에너지는 나를 생생하게 하지만, 슬픔과 성냄 에너지는 나를 소진 시킨다. 웃으며 즐겁게 살기에도 인생은 너무 짧다. 오늘도 웃음과 밝음으로 무장한다. 감사합니다.

필사와 다짐

년　　월　　일

27 일

오늘의 글

**청년 땐 만만하고 중년엔 삐치고
노년엔 상전인 친구는 내 몸이다.**

– 박완서

이해하기

시간에 따른 몸의 변화를 유머 있게 표현했다. 이 세상 모든 것은 변화한다. 내 몸도 청년기, 중년기, 노년기에 따라 변화한다. 자연스러운 현상임을 확연히 알아야 한다. 그래야 변화에 따른 괴로움이 적다. 늙어서 몸은 만만한 게 아니라 상전처럼 조심히 다뤄야 한다. 마음도 이와 같다. 오늘도 조심합니다. 감사합니다.

필사와 다짐

년 월 일

28 일

오늘의 글

비록 내일 지구의 종말이 온다 해도 나는 오늘 한 그루의 사과 나무를 심겠다.

– 스피노자

이해하기

자연이 신이고 이 세상을 원인과 결과의 관계로 여긴 스피노자의 일성. 지구의 종말은 반드시 온다. 왜냐하면 모든 사물은 생성, 소멸하기 때문. 하지만 어떠한 상황에서도 나는 내가 하고 싶은 일을 하고 싶다. 사과나무를 심겠다. 오늘도 나는 사과나무를 심는다. 감사합니다.

필사와 다짐

년 월 일

29 일

오늘의 글

한 인간의 가치는 타인에게 무엇을 줄 수 있느냐로 판단된다.

– 아인슈타인

이해하기

타인에게 도움을 줄 수 있는 것이 생각해 보면 많이 있다. 따뜻한 눈빛, 격려의 말, 정성스러운 봉사, 그리고 경제적 지원 등. 문제는 타인에게 진짜 줄 수 있는가이다. 기꺼이 줄 수 있는 마음이 있는가? 이런 마음이 충만한 사람을 '대인', '성인'이라 부른다. 행복한 사람이다. 오늘도 행복합니다. 감사합니다.

필사와 다짐

년　　월　　일

30 일

오늘의 글

기울면 차고 가득 차면 기우는 것이 달이다.
바로 내가 달이었구나.

– 법산

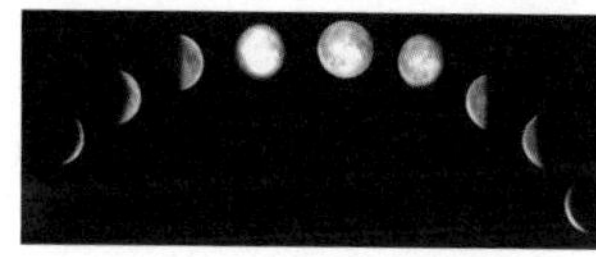

이해하기

기울어 비워지면 그것으로 끝이 아니라 다시 채워진다. 가득 차고 넘치면 그것으로 끝이 아니라 결국 비워진다. 밤이 깊으면 아침이 오고, 겨울이 지나면 봄, 여름이 오고, 다시 가을로 기우는 것은 자연과 우주의 섭리. 없다고 비굴하거나 있다고 교만하면 안 되는 이유다. 오늘도 당당하고 겸손하게 산다. 감사합니다.

필사와 다짐

년 월 일

31 일

오늘의 글

50년을 헤엄쳐 보니 수영은 힘을 가하는 것이 아닌 힘을 빼는 것이다.

– 조오련

이해하기

모든 운동 고수들의 공통된 말이다. 힘을 가하는 게 아니라, 힘을 빼야 강력한 임팩트, 정밀 타격이 가능하다. 마음도 마찬가지. 수행은 마음의 힘을 빼는 것. 탐욕, 성냄, 어리석음이라는 힘을 빼면 뺄수록 더 자유로워지고 행복해진다. 마음의 힘을 빼자. 오늘도 가볍게 시작합니다. 감사합니다.

필사와 다짐

년 월 일

32 일

오늘의 글

감사의 양이 행복의 양이다. 감사와 행복은 정비례 한다.

– 간디

이해하기

감사하는 마음이 클수록 행복감이 크다. 행복은 감성적, 주관적 마음 상태. 만족하는 마음, 편안한 마음, 든든하고 당당한 마음, 보람된 마음, 기쁨의 마음, 이 모든 긍정적인 마음의 출발이 감사의 마음이다. 그래서 모든 종교에서 감사 기도를 필수로 한다. 오늘도 감사하고 감사합니다.

필사와 다짐

년 월 일

33 일

오늘의 글

"스님, 진리를 가르쳐 주십시오." "밥은 먹었느냐?" "밥은 먹었습니다." "그럼 그릇이나 씻어라."

– 달마

이해하기

진리가 무엇인가? 밥을 먹으면 그릇을 씻는 것이다. "성철스님 진리를 가르쳐 주십시오." "산은 산이요 물은 물이다." 사람들이 앞산, 뒷산, 동산, 서산, 설악산, 금강산이라 부를 뿐. 존재를 있는 그대로 보는 것. 원인이 있어 결과가 있다는 것. 밥을 먹으면 밥값을 해야 하는 것. 이것이 진리다. 오늘도 진리에 귀의한다. 감사합니다.

필사와 다짐

년 월 일

34 일

오늘의 글

모든 일을 처음하듯 신기한 마음으로 대하면 인생은 행복해진다.

– 법륜

이해하기

아기가 걸음마를 배울 때 보자. 서다 넘어지고 넘어져도 즐겁다. 한 발 내딛고 넘어지고 또 넘어져도 기쁘게 한다. 왜냐하면, 모든 행동이 신기하고 새롭기 때문. 어떤 일이든 이런 신기한 마음, 새로운 마음으로 하면 지루하지 않고 즐겁게 할 수 있다. 늘 처음하듯 해보자. 오늘도 행복합니다. 감사합니다.

필사와 다짐

년 월 일

35 일

오늘의 글

성을 쌓는 자는 망한다. 결코 그 자리에
안주하지 마라.

– 칭기즈칸

이해하기

안주하는 마음이 성장을 방해하는 가장 큰 장애다. 이 정도면 됐다고 안주하면, 그 정도를 유지할 수 있는 것이 아니라 쇠퇴의 시작이다. 왜냐하면, 세상은 정지가 아닌 늘 변화하기 때문. 세상 만물이 매 순간 변화하고 있음을 자각하면 안주라는 단어는 있을 수 없다.(만족과 안주는 다른 말) 오늘도 나아갑니다. 감사합니다.

필사와 다짐

년 월 일

36 일

오늘의 글

바퀴벌레는 작아도 수억 년을 생존해 오고 있다. 이런 기업을 만들겠다.

– 윤도준(동아제약 회장)

이해하기

인류학의 지평을 연 찰스 다윈 왈 "강해서 살아남는 것이 아니라, 살아남아서 강한 것이다." 생존력은 지능과 세기의 문제가 아니라, 유연성과 적응력의 문제. 어떤 환경 어떤 변화에도 쉽게 적응할 수 있는 유연성이 있다면, 세상 변화에 휘둘릴 이유가 없다. 고집하면 안 된다. 오늘도 편안합니다. 감사합니다.

필사와 다짐

년　　월　　일

37일

오늘의 글

99도로 물을 끓일 수 없다. 1도를 더한 100도가 되어야 물은 비로소 끓는다.

– 법산

이해하기

임계점(critical point, threshold). 상태 변화가 일어나는 결정적 순간으로, 이 점에 다다라야 변화가 일어난다. 라이터 불, 촛불로 온종일 데워 봐야 물을 끓일 수 없다. 강력한 가스버너로 확 데워야 한다. 강력한 초발심과 그 마음 유지가 중요한 이유. 변화를 원한다면 집중해서 지속해야 한다. 오늘도 집중합니다. 감사합니다.

필사와 다짐

년 월 일

38 일

오늘의 글

외로움을 겁내지 마라. 춥고 아리지만 소중함을 깨닫게 해준다.

– 이외수

이해하기

이 세상에 존재하는 모든 것은 양면을 가지고 있다. 음과 양의 조화. 음만 존재할 수 없고 양만 존재할 수 없다. 음이 있기에 양이 있고 양이 있기에 음이 있는 법. 춥고 아리는 시간이 있다면 반드시 따뜻하고 즐거운 시간이 있다. 겨울을 잘 버티면 반드시 봄이 오듯, 춥고 어려운 시간도 반드시 지나간다. 오늘도 잘 버티겠습니다. 감사합니다.

필사와 다짐

년 월 일

39 일

오늘의 글

내 비장의 무기는 아직 내 손 안에 있다.
그것은 희망이다.

– 나폴레옹

이해하기

프랑스를 당대 최고의 강국으로 만든 나폴레옹 황제. 그의 비장의 무기는 절대 포기하지 않는 희망. 희망이 있는 한 절대 진 것이 아니다. 절대 지지 않고 실패하지 않는 방법은 늘 희망을 품는 것. 희망 넘치는 사람들이 밝고 당당한 이유다. 오늘도 밝고 당당하게 출발. 감사합니다.

필사와 다짐

년 월 일

40 일

오늘의 글

가난한 나머지 팔아야 한다면 금, 은, 집, 땅. 그래도 팔면 안 되는 것이 책이다.

– 탈무드

이해하기

여기서 책이란 우리가 지금 알고 있는 책이 아니다. 옛날에 책은 진리를 담고 있는 인생의 지침서. 매일 공부하고 수학해야 하는 보물 같은 존재이다. 내 인생에 지침이 되는 책 한 권은 반드시 필요하다. 오늘도 필사와 다짐을 한다. 나의 지침서를 내가 만든다. 감사합니다.

필사와 다짐

년 월 일

41 일

오늘의 글

문제의 원인과 해답은 환경이 아닌
바로 나 자신에게 있다.

– 김진배

이해하기

모든 일은 나로부터 나아가 나에게 돌아온다. 내 생각, 말, 행동이 원인이 되어 결과를 만든다. 결과가 마음에 안 들 경우 해결 방법은 내가 한 생각, 말, 행동을 바꾸는 것이다. 모든 문제의 원인과 해답은 나에게 있다. 환경, 상대에게서 절대 해답을 찾을 수 없다. 모든 것은 나 자신에 달려있다. 명심하자. 감사합니다.

필사와 다짐

년 월 일

42 일

오늘의 글

감동을 주는 모든 것이 예술이다.
그래서 인생은 최고의 예술이다.
– 법산

이해하기

인생이 최고의 예술이다. 어머니 배 속에서 태어나, 사랑과 도움으로 20년 성장하고, 사회로 나가 밥벌이를 하고, 한 여자를 만나 가정을 이루고, 아이들을 낳아 기르고, 그 아이들이 성장하고 독립하고, 다시 가정을 이루는 모든 과정은 감동의 드라마다. 인생이 예술이다. 오늘도 예술을 한다. 감사합니다.

필사와 다짐

년　　월　　일

43 일

오늘의 글

배가 고프면 음식이 필요하듯 마음이 외로우면 사랑이 필요합니다.

– 정진석 추기경

이해하기

외롭다는 의미가 무엇인가? 마음 나눌 사람이 없다. 그 이유는 내 마음을 닫았기 때문. 내 마음을 열어야 한다. 어루만져 줘야 한다. 나를 먼저 사랑해 줘야 한다. 당신은 결코 열등하거나 부족한 사람이 아니다. 남들과 비교해 생기는 착각으로 나를 미워하지 마세요. 당신은 사랑받을 자격이 충분합니다. 오늘도 사랑합니다. 감사합니다.

필사와 다짐

년 월 일

44 일

오늘의 글

힘들 때마다 주문을 걸어요. 지금의 시련이 기쁨으로 돌아올 거라고.

– 김연아

이해하기

주문은 마음을 다잡는 방법이다. 계속 긍정적 주문을 걸면 내 무의식의 변화가 일어난다. 즉 부정과 걱정의 마음에서 벗어날 수 있다. 매일 아침 주문을 건다. 긍정과 감사의 주문을 건다. "나는 아무 문제가 없습니다." "저는 편안합니다." "부처님, 하나님. 늘 지켜 주셔서 감사합니다." "잘 될 겁니다." "오늘도 감사합니다."

필사와 다짐

년 월 일

45일

오늘의 글

나는 현미경으로 자세히 보고,
남은 망원경으로 관대히 보라.

– 이종선

이해하기

나와 남을 보는 방식이 달라야 한다. 나의 생각, 말, 행동은 빈틈없이 정밀히 살펴야 한다. 늘 깨어 있어야 한다. 하지만 남의 생각, 말, 행동은 너그럽고 관대히 보아야 한다. 왜냐하면 내 생각, 말, 행동과 같지 않기 때문. 다름이 진리이고 사실이다. 모두 제각기 생각하고 말하고 행동한다. 거기에 절대 구애받으면 안 된다. 나는 자세히 보고 남은 관대히 본다. 감사합니다.

필사와 다짐

년 월 일

46 일

오늘의 글

야망이 없으면 열정이 없고 열정이 없으면 기회가 없다.

– 조일훈

이해하기

야망(野望)이란 큰 들에서의 바람. 즉, 크고 원대한 목표를 말한다. 목표를 가진다는 것은 힘을 한 방향으로 모은다는 의미로 열정을 말한다. 열정을 가지고 한 방향으로 힘을 모으면 변화가 발생한다. 이를 기회라 한다. 야망이 열정을, 열정이 기회를, 기회가 성취를 만든다. 목표 설정이 중요한 이유다. 목표, 야망이 있는가? 감사합니다.

필사와 다짐

년 월 일

47 일

오늘의 글

아무리 비싼 회도 시간이 지나면 가치가 없다. 타이밍이 중요하다.

– 윤종용

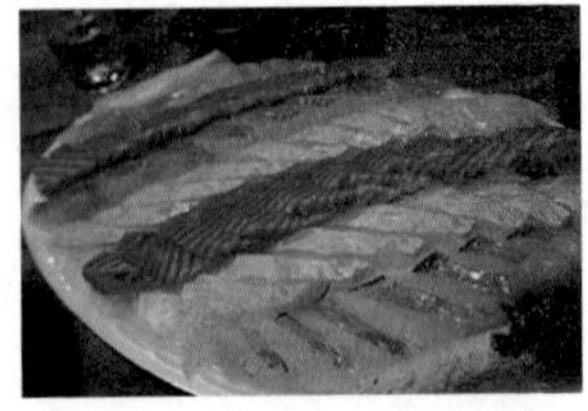

이해하기

현명하게 살기 위해 반드시 알아야 하는 것이 '때'이다. 빨리 수확하고 싶다고 겨울에 씨앗을 뿌리면 안 된다. 봄에 씨앗을 뿌려야 하고 여름내 잘 가꾸어야 가을에 열매 맺는 것이 이치. 반드시 때에 맞아야 한다. 때를 알고 때가 왔을 때 부지런히 움직여야 열매를 맺을 수 있다. 지금 아침은 일을 시작할 때다. 오늘도 잘 움직이겠습니다. 감사합니다.

필사와 다짐

년 월 일

48 일

오늘의 글

복은 남이 주는 것이 아니라 내가 지어 받는 것이다. 새해 복 많이 지으세요.

– 법정

이해하기

하나님, 부처님, 신령님, 조상님께 복 좀 달라고 간절히 빈다. 복은 달라고 받을 수 있는 게 아니다. 내가 씨앗을 뿌리고 잘 키워 수확하는 것. 이 이치를 알면 누구에게 구차히 빌 일이 없다. 구걸하지 말고 내가 당당히 한 땀 한 땀 만들어 보자. 오늘도 씨앗을 뿌린다. 감사합니다.

필사와 다짐

년 월 일

49일

오늘의 글

9회 말 3아웃이 될 때까지 게임은 절대 끝난 것이 아니다. 절대 포기하지 마라.

– 요기베라

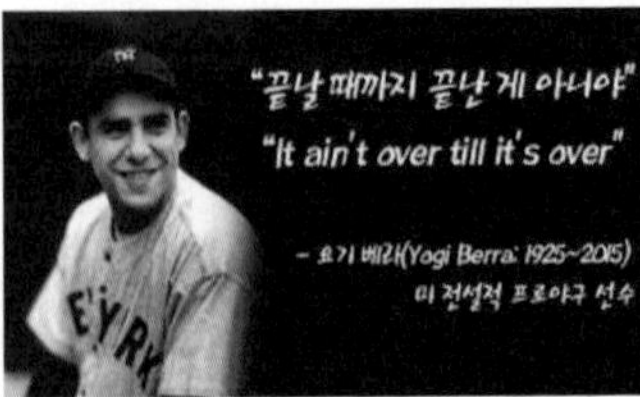

이해하기

임계점(critical point)이 있다. 이 지점을 넘어야 변화가 일어난다. 물은 100도가 되어야 기체로 급격히 변화한다. 사람들은 50도, 70도, 90도에서 포기한다. 조금만 더 힘을 내면 큰 변화를 맞이할 수 있는데. 그래서 끝까지 해봐야 한다. 끝까지 가봐야 한다. 변화의 임계점은 반드시 있다. 오늘 1도를 높인다. 감사합니다.

필사와 다짐

년 월 일

50 일

오늘의 글

김연아와 아사다, 조훈현과 서봉수. 라이벌이 있었기에 발전할 수 있다.

– 법산

이해하기

선의의 라이벌은 큰 성장을 이루는 동력이다. 엎치락뒤치락하는 사이 남들이 넘볼 수 없는 경지까지 이르게 된다. 그래서 라이벌을 '축복'이라고도 한다. 내 삶의 라이벌을 정해보자. 멘토가 그렇듯 선의의 라이벌은 나를 성장시킬 것이다. 참고로 나의 라이벌은 부처님이다. 감사합니다.

필사와 다짐

년 월 일

51 일

오늘의 글

소유하려 하면 잃을 것이요. 버리려고 하면 얻을 것이다.

– 법정

법 정

이해하기

소유가 있는가? 잘 생각해 보자. 영원히 내 것인 것이 있는가? 물건이든, 사람이든, 지식이든, 잠시 내 곁에 왔다 가는 것. 죽음으로 모두 사라진다. 원래 없는 소유에 집착할수록 많이 잃을 수밖에 없다. 그리고 괴롭다. 역으로 무엇 하나 내 것이라는 생각이 없으면, 이 세상 모두가 내 것이 된다. 잘 생각해 보자. 감사합니다.

필사와 다짐

년 월 일

52일

오늘의 글

미래는 내가 지금 무엇을 가졌느냐가 아닌 무엇을 추구하고 있느냐에 좌우된다.

– 게리 해멀

이해하기

미래는 현재의 내 생각, 말, 행동이 만든다. 과거의 내 생각, 말, 행동이 현재의 나를 만들었듯이. 현재 내가 하는 생각, 말, 행동이 차곡차곡 쌓여 미래의 나를 만들 것이다. 멋진 미래를 원한다면 멋진 오늘을 만들어야 한다. 지금 멋진 생각, 말, 행동을 해야 한다. 멋진 오늘을 만들어 보자. 감사합니다.

필사와 다짐

년 월 일

53 일

오늘의 글

병상에 누워 본 사람은 안다. 젓가락 드는 힘이 얼마나 크고 위대한지.

– 틱닉한

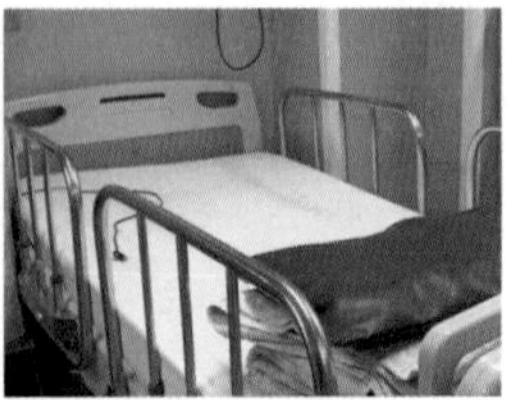

이해하기

2013년 교통사고로 3개월 동안 병상에 누워 있었다. 두 다리로 걸어 다닐 수 있다는 게 얼마나 소중한지 깨달았다. 그때 사고와 회복 과정을 통해 내 삶은 확연히 변했다. 수행자의 삶이 시작됐다. 지금 돌이켜 보면 사고가 축복의 시작. 나쁘다고 절대 나쁜 것이 아니다. 오늘도 건강함에 감사할 뿐이다. 감사합니다.

필사와 다짐

년 월 일

54 일

오늘의 글

신은 자신의 손길이 미치지 못하는 곳에 이분을 보냈다. '어머니' 다.

– 무명

이해하기

신과 어머니의 공통점은 마음이다. 아무런 대가를 바라지 않는 헌신적 마음, 사랑이다. 요즘 이 마음이 오염되고 있다. 물질과 자본에 신도 오염되고 어머니도 오염되고 있다. 조건을 붙이지 않고, 대가를 바라지 않고, 베풂 자체가 기쁨인 온전한 사랑이 사라지고 있다. 본래의 어머니로 돌아가야 한다. 어머니 사랑합니다. 감사합니다.

필사와 다짐

년 월 일

55 일

오늘의 글

헬렌 켈러는 위대한 인간이다. 그러나 설리번 선생님은 더욱 위대하다.

– 법산

이해하기

치명적 장애를 극복한 헬렌은 위대한 인간의 표상이다. 하지만 그 변화를 가능케 한 설리번 선생님은 더욱 위대하다. 내가 장애가 있다면 헬렌을 표상으로, 내가 장애가 없다면 설리번 선생님을 표상으로 삼으면 좋지 않을까. 훌륭하게 성장한 헬렌을 보는 선생님의 마음은 얼마나 뿌듯할까. 선생님 고맙습니다. 감사합니다.

필사와 다짐

년 월 일

56 일

오늘의 글

얼굴을 알고 지내는 사람은 얼마든지 있으나 마음을 알고 지내는 사람은 얼마 되지 않는다. 내 얼굴을 아는 백 사람보다 내 마음을 아는 단 한 명의 친구가 낫다.

– 천수궁

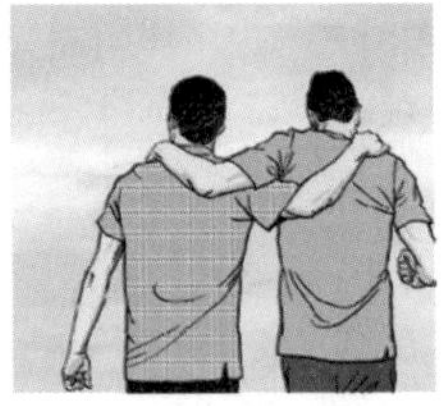

이해하기

내 마음을 아는 사람이 몇 명이나 되는가? 내 마음을 편하게 내놓을 수 있는 사람이 몇 명이나 되는가? 가족도 쉽지 않다. 이런 친구가 몇 명이나 있는가? 옛말에 마음의 친구 2명만 있으면 나라를 건설할 수 있다고 했다. 그만큼 중요하고 힘이 세다. 내 마음부터 나눠야 한다. 내 마음을 먼저 열어야 한다. 오늘도 마음으로 대하겠습니다. 감사합니다.

필사와 다짐

년 월 일

57 일

오늘의 글

회사가 작을 뿐이지 사람이 작은 것이 아닙니다. 그래서 우린 당당합니다.

– 안건준

이해하기

주변 조건을 자기로 삼으면 안 된다. 내가 다니는 회사, 내가 나온 학교, 내 부모, 내 자식, 내 나라 등 모든 조건은 나와 관련이 있지만 결코 내가 아니다. 조건이 나라고 착각하면 그 조건에 휘둘리고 열등해지고 교만해진다. 나는 나다. 지금의 내가 나다. 그래야 어떤 조건, 환경에서도 당당할 수 있다. 오늘도 당당한 내가 간다. 감사합니다.

필사와 다짐

년 월 일

58 일

오늘의 글

저를 축구 천재라고 합니다. 하지만 저는 축구밖에 모르는 바보입니다.

– 박주영

이해하기

천재이며 바보. 맞다. 한 곳에 매진하여 큰 업적을 이룬 사람이 다른 곳에서 취약함은 자연스러운 일이다. 인간은 이것저것 다 잘할 수 없다. 하지만 어느 한 곳에서는 잘할 수 있는 달란트를 누구나 가지고 태어났다. 남과 세상의 시선이 아니라 나의 시선으로 나를 볼 때 달란트를 찾을 수 있다. 나는 무엇을 좋아하는가? 나는 무엇을 원하는가? 감사합니다.

필사와 다짐

년 월 일

59 일

오늘의 글

아는 것이 힘이던 시대는 지났다. 아는 것이 아니라 행하는 것이 힘이다.

– 우종민

이해하기

아는 것과 행하는 것은 다른 힘이다. 지식이 귀했던 시절, 지식에 접근이 제한됐던 시절, 지식은 특별한 사람들의 특권이자 힘이었다. 그러나 21세기 지식 정보화 사회가 되며, 지식은 누구나 찾고 활용할 수 있는 보통재로 전락. 이제는 행하는 힘이 차별화를 만드는 시대다. 오늘도 행하겠습니다. 감사합니다.

필사와 다짐

년 월 일

60 일

오늘의 글

돈을 벌겠다는 욕심으로 구두를 만들면 실패한다. 좋은 구두를 만들어야 한다.

– 페레가모

이해하기

돈을 벌겠다, 지위를 갖겠다는 마음으로 악착같이 매진하면 어느 정도 돈을 벌고 지위를 가질 수 있다. 그런데 큰돈, 높은 지위는 어렵다. 큰돈과 높은 지위는 일 자체에 재미와 목적을 둘 때 이루어지기 때문. 구두의 신 페라가모가 외친다. 나는 좋은 구두를 만들 것이다. 오늘도 나의 일에 집중한다. 감사합니다.

필사와 다짐

년 월 일

61 일

오늘의 글

꽃이 아름답다고 함부로 꺾어 몸에 지니고 다닐 수 없다. 꽃을 사랑한다면 물을 주고 볕을 주어 그 아름다움이 시들지 않도록 하는 것이다.

– 김혜령

이해하기

소유는 사랑이 아니라 폭력이다. 내가 가지고 싶다고 꺾어 버리기 때문. 사랑은 그 아름다움이 시들지 않도록 물을 주고 볕을 주는 것. 즉 아끼고 키우는 것이다. 소유를 경계해야 한다. 나도 힘들고 상대에게도 상처를 준다. 소유가 아닌 사랑을 하자. 오늘도 누군가를 아끼자. 감사합니다.

필사와 다짐

년 월 일

62 일

오늘의 글

집으로 가는 길이 행복입니다. 집은 작은 천국이며 사랑과 기쁨입니다.

– 법산

이해하기

작은 천국이며 안식처인 집이 언제부터 오염되었다. 자본과 탐욕으로 심각히 오염되었다. 부부 사랑의 기준은 연봉이 되었고, 자식 사랑의 기준은 성적이 되었다. 돈을 못 벌어도 공부를 못해도 힘과 위로를 받는 곳이 집이다. 그 힘을 주는 사람이 가족이다. 집과 가족의 원래 가치를 회복해야 한다. 사랑과 기쁨을. 오늘도 사랑합니다. 감사합니다.

필사와 다짐

년　　월　　일

63일

오늘의 글

나는 세상을 구하기 위해 일하지 않는다. 하지만 한 사람을 위해 무엇이든 할 수 있다.

– 테레사 수녀

이해하기

부처님도 예수님도 세상을 구할 목적으로 일하지 않았다. 내가 깨달은 진리의 기쁨을 주변 사람들에게 알려주는 일로 평생을 사셨고 십자가를 지셨다. 그분들의 말씀과 행동이 이치에 맞고 큰 위로가 되었기에 많은 사람이 따르고 존경했다. 이분들은 세상이 아닌 주변 사람들에게 마음을 썼을 뿐. 바로 내 옆의 사람들이다. 오늘도 사랑합니다. 감사합니다.

필사와 다짐

년 월 일

64일

오늘의 글

대부분 문제 때문에 좌절하지만 극소수는 그 문제를 통해 승리자가 된다.

– 빈센트 필

이해하기

누구에게나 문제가 생긴다. 이 문제를 대하는 2가지 유형. 하나는 문제를 문제로 알고 힘들어하고 절망하고 좌절한다. 다른 하나는 문제를 기회로 알고 연구하고 탐구하며 극복하려고 노력한다. 인생의 승리자는 후자에게서 나온다. 물론 모든 문제를 다 극복할 수는 없지만, 최소한 성장은 할 수 있다. 오늘도 성장한다. 감사합니다.

필사와 다짐

년 월 일

65일

오늘의 글

행복하게 사는 사람은 노력가다. 게으름뱅이가 행복하게 사는 것을 보았는가?

– 블레이크

이해하기

주변을 살펴보자. 게으름을 피우며 어슬렁어슬렁, 대충대충 사는 사람 중에 행복한 표정을 가진 사람이 있는가? 행복하다고 말하는 사람은 늘 부지런하다. 에너지가 넘쳐 무슨 일이든 기꺼이 하고 남을 위한 수고도 아끼지 않는다. 행복하려면 몸을 써야 한다. 우울할 때는 더욱 몸을 써야 한다. 오늘도 부지런히 움직인다. 감사합니다.

필사와 다짐

년　　월　　일

66일

오늘의 글

명품은 소리치지 않는다. 속삭인다.
낮은 목소리로 부드럽고 기품 있게.

– 김상득

이해하기

명품은 소리치는 시장에서 판매되지 않는다. 조용하고 깔끔한 매장에서 현금이 아닌 카드로 거래된다. 사달라고 구걸하지 않는다. 쿨하게 자리를 지키고 자기의 멋을 발하고 있을 뿐. 목소리를 낮춘다. 깔끔하게 행동한다. 나는 인간 명품입니다. 감사합니다.

필사와 다짐

년　　월　　일

67 일

오늘의 글

무르익을 때까지 기다릴 줄 알아야 한다. 익기 전에 따면 토실한 알밤을 얻을 수 없다.

– 법산

이해하기

무슨 일이든 시간이 필요하다. 열정적으로 성장하는 시간도 필요하고, 조용히 여무는 시간도 필요하다. 밥을 지을 때 뜸 들이는 시간이 밥맛을 좌우하듯, 충분한 숙성이 깊은 맛을 만들어 내듯, 완성을 위한 기다림의 시간이 필요하다. 토실한 알밤을 얻기 위해서는 껍질이 터질 때까지 기다려야 한다. 조급을 경계한다. 오늘도 느긋합니다. 감사합니다.

필사와 다짐

년 월 일

68 일

오늘의 글

사람은 땅속에 들어갈 때까지 배우고 공부해야 한다.

– 박태준

이해하기

포항제철 주식을 단 한 주도 가지지 않은 포항제철 창업주. 일본 차관과 기술을 직접 끌어와 공장을 설립하고 세계 최고의 철강 회사로 키웠다. 대한민국 발전의 초석을 다진 위대한 경영자가 인생을 회고하며 강조한 말이 공부. 쉿물 같은 그의 열정은 공부의 힘이다. 공부하는 자는 늙지 않고 늘 성장한다. 오늘도 배운다. 감사합니다.

필사와 다짐

년 월 일

69 일

오늘의 글

눈앞을 보면 멀미가 나지만 먼 곳을 보면 편안해집니다. 그렇게 사업을 합니다.

– 손정의

이해하기

멀리 볼 수 있기에 혁신적 사업이 가능하다. 멀리 볼 수 있기에 높은 투자 수익을 올릴 수 있다. 눈앞에 닥친 일에 허덕이고 매몰된 사람이 혁신과 편안함을 이루기는 어렵다. 힘들고 어려울 때일수록 멀리 보려고 노력한다. 돌이켜보면 다 별일 아니지 않는가. 오늘도 편안합니다. 감사합니다.

필사와 다짐

년　　월　　일

70 일

오늘의 글

목표를 향해 가되 도달하는 것에만 의미를 두지 마세요. 하루하루 한 발 한 발의 과정이 수행입니다.

– 법륜

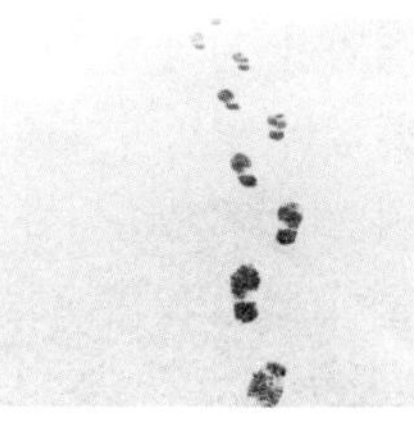

이해하기

불가에서 목표는 해탈과 열반이다. 요즘 말로 자유와 행복. 이 목표를 향해 수행자는 매일 기도하고 수행한다. 목표가 언제 이루어질지 아무도 모른다. 하지만 목표이기에 꾸준히 할 뿐이다. 부처님도 낙수가 바위를 뚫듯 정진하라 하셨다. 왜냐하면 할수록 목표에 가까워지기 때문. 오늘도 꾸준히 필사와 다짐을 한다. 감사합니다.

필사와 다짐

년 월 일

71 일

오늘의 글

평범한 일상이 기적이었습니다. 일상의 평범함이 얼마나 소중한지 깨닫고 있습니다. 코로나의 선물이네요.

– 고창영

이해하기

코로나 덕분에 일상의 소중함을 깨닫는다. 회사를 마음대로 출근할 수 있다는 것, 식당에서 이런저런 이야기 나누며 밥을 먹던 것, 퇴근 후 친구들과 왁자지껄 수다를 떠는 것, 주말에 가족 여행을 가는 것, 명절에 부모님을 뵐 수 있다는 것. 평범한 일상이 행복입니다. 오늘의 일상도 놓칠 수 없습니다. 오늘도 행복합니다. 감사합니다.

필사와 다짐

년 월 일

72 일

오늘의 글

따뜻하고 편안한 상태 즉, 무자극 상태에서는 어떤 변화도 꾀할 수 없다.

– 윤석금

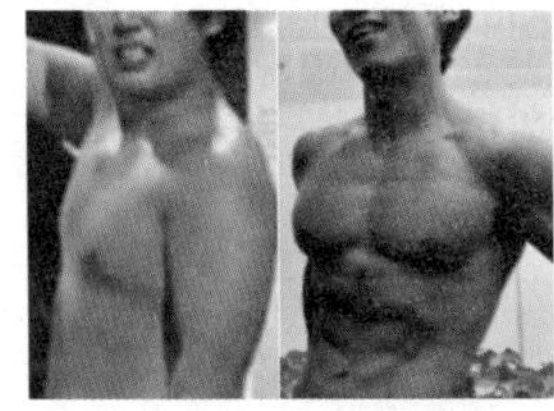

이해하기

편안함의 역설. 편안할수록 근육량이 줄고 정신력은 떨어진다. 약해진다. 근육량을 늘리려면 몸에 자극을 주어야 한다. 정신력을 키우려면 머리와 마음에 자극을 주어야 한다. 어려움과 장애가 내 성장의 축복이 되는 이유. 성장하고 변화하려면 새로운 자극을 받아야 한다. 기꺼이 받자. 오늘도 성장한다. 감사합니다.

필사와 다짐

년 월 일

73 일

오늘의 글

맹인으로 태어난 것보다 더 불행한 건
시력은 있으나 비전이 없는 것이다.
– 헬렌 켈러

이해하기

몸에서 눈을 시력이라 하고 마음에서 눈을 비전(vision)이라 한다. 이런 사람이 돼 보겠다. 이런 세상을 만들어 보겠다. 마음의 비전을 가지고 있는 사람과 없는 사람의 하루는 많이 다르다. 삶의 목표가 분명하니 당당하고 흔들림이 없다. 내 삶의 비전 목표는 무엇인가? 오늘도 당당합니다. 감사합니다.

필사와 다짐

년 월 일

74 일

오늘의 글

누구나 세상을 바꾸려 하지만 자기 자신을 바꾸려는 사람은 아무도 없다.

– 톨스토이

이해하기

세상을 바꾸는 길 두 가지. 하나는 내가 원하는 대로 세상을 정말 바꾸는 길. 다른 하나는 세상을 보는 내 관점을 바꿔 새롭게 세상을 보는 길. 어느 길이 쉬운가? 후자가 월등히 쉬운데 어려운 전자의 길에 매달려 아우성치고 있다. 이를 어리석음이라 부처님은 말씀하신다. 관점이 중요하다. 오늘도 잘 보겠습니다. 감사합니다.

필사와 다짐

년 월 일

75일

오늘의 글

신선한 공기, 빛나는 태양, 맑은 물 그리고 친구들의 사랑만 있다면 삶을 낙담할 이유가 없다.

– 괴테

이해하기

낙담하는 사람들이 많아지는 이유가 명확해진다. 공기는 오염됐고, 태양은 흐릿하고, 물은 사 먹어야 하고, 친구는 없다. 뭔가 방향이 잘못 잡힌 것이다. 신선한 공기, 밝은 태양, 맑은 물, 그리고 친구의 사랑을 복원해야 한다. 이것이 우리의 희망이요 인생의 과제다. 오늘도 그 길을 간다. 감사합니다.

필사와 다짐

년　　월　　일

76일

오늘의 글

어떤 일이 일어나든 그것을 즐긴다.
한 번뿐인 인생 무조건 즐긴다.

– 히메네스

이해하기

무조건 즐기기로 마음먹는다. 내가 원하는 일이 일어나면 좋은 일이고, 내가 원하지 않는 일이 일어나면 나쁜 일이다. 그런데 긴 시간으로 보면 처음 좋았던 일이 나중에 안 좋은 일이 되기도 하고, 처음 나빴던 일이 나중에 좋은 일이 되기도 한다. 어떻게 될지 아무도 모른다. 어떤 일이 일어나든 무조건 즐긴다는 마음을 낸다. 환경에 구애받지 않는 기쁨의 마음을 낸다. 오늘도 감사합니다.

필사와 다짐

년 월 일

77 일

오늘의 글

신이시여, 당신은 우리가 노력이라는 값만 치르면 그 무엇이든 허락해 주시는군요.

– 다빈치

이해하기

피그말리온(Pygmalion)이라는 조각가가 여인상을 만들었다. 그 조각이 너무 아름다워 사랑에 빠진다. 간절한 사랑을 본 아프로디테는 그 조각을 인간으로 만들어 주었다. 간절하면 이루어진다는 의미로 "피그말리온 효과"라 부른다. 신은 간절히 노력하는 사람 편이다. 문제는 간절한 노력이 있는가? 없다면 바라지 말아야 한다. 이것이 순리다. 순리대로 살겠습니다. 감사합니다.

필사와 다짐

년 월 일

78 일

오늘의 글

행복은 배울 수 있는 기술이다. 피아노와 자전거 타기를 배우는 것처럼.

– 법산

이해하기

행복은 상대, 환경이 나에게 주는 것이 아니라 내가 배워 익혀야 하는 마음 기술이다. 늘 감사의 마음을 내는 것. 긍정의 마음을 내는 것. 기쁨의 마음을 내는 것. 주어지는 것이 아니라 새기고 연습하고 노력해서 얻어지는 마음 상태다. 부단히 노력해야 한다. 오늘도 필사와 다짐을 하는 이유다. 감사합니다.

필사와 다짐

년　　월　　일

79 일

오늘의 글

성공이 행복의 열쇠가 아니라 행복이 성공의 열쇠다. 많이 웃고 베풀라.

– 슈바이처

이해하기

행복해서 웃는 것이 아니라 웃어서 행복해지는 것이다. 성공해서 행복한 게 아니라 행복해서 성공하는 것이다. 늘 웃고 베푸는 사람은 행복하다. 이런 사람들이 실패하는 걸 보았는가? 성공하려면 먼저 내가 행복해져야 한다. 늘 많이 웃고 베풀어야 한다. 그러면 반드시 성공하리라. 오늘도 웃고 베풀겠습니다. 감사합니다.

필사와 다짐

년 월 일

80일

오늘의 글

지금 비록 춥고 외롭고 아파도 견디어 내면 봄은 반드시 오고 꽃도 핀다.

– 박범신

이해하기

올해 겨울은 유난히 추었다. 삼한 사온이 아니라 삼한 사한으로 기후 변화를 실감케 한다. 하지만 입춘이 지나니 추위의 기세가 꺾이며 따뜻한 기운이 감돈다. 자연법칙이다. 지구가 태양 주변을 공전하는 한 봄은 반드시 온다. 이 진리를 믿고 버티는 힘을 희망이라 한다. 견디어 내면 봄은 반드시 오고 꽃도 핀다. 견디자. 오늘도 편안합니다. 감사합니다.

필사와 다짐

년 월 일

81 일

오늘의 글

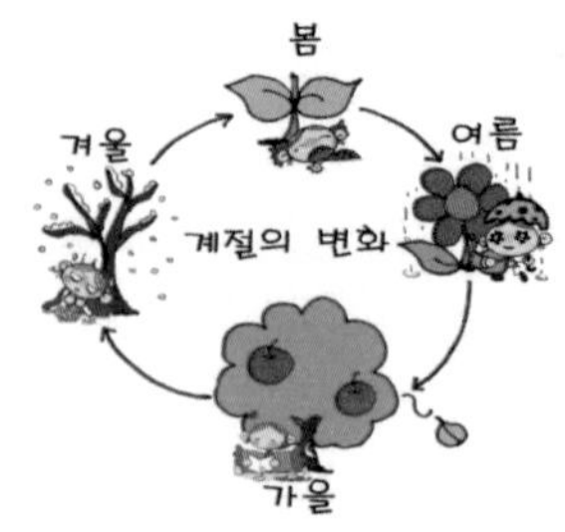

나이 들수록 실패한 일이 아니라,
하지 않은 일에 더 큰 후회가 된다.

– 엘링카게

이해하기

봄에 새싹을 틔우고, 여름 태양에 실록을 만들고, 가을에 열매를 맺고, 겨울에 낙엽으로 떨군다. 계절에 맞는 일들이 있다. 우리 인생도 청년 때 해야 할 일, 중년 때 해야 할 일, 장년 때 해야 할 일, 노년에 해야 할 일이 있다. 이 일을 하지 않았을 때 후회가 크다. 지금 내가 해야 할 일은 무엇인가? 그 일을 꼭 해야 한다. 오늘도 행하겠습니다. 감사합니다.

필사와 다짐

년 월 일

82일

오늘의 글

다른 사람에게는 지고 살 수 있지만, 자신에게는 절대 지지 마라. 독기를 품어라.

– 옥성호

이해하기

참 어려운 일이다. 다른 사람을 이기는 일이 자신을 이기는 일보다 백배 이상 쉽다. 내 생각을 바꿀 수 있는가? 내 말투를 바꿀 수 있는가? 내 행동을 바꿀 수 있는가? 바꿀 수 있다고 쉽게 말하는 사람은 자기 자신을 모르는 사람. 엄청난 수행이 필요하다. 독기를 품어야 한다. 나를 이기기 위해 오늘도 필사와 다짐을 한다. 감사합니다.

필사와 다짐

년 월 일

83 일

오늘의 글

다른 것을 틀린 것이라고 오판하지 마라. 세상은 다름이 있을 뿐이다.

– 법산

이해하기

다른 것을 틀린 것으로 오판하여 인간은 엄청난 비극을 만들어 왔다. 수많은 전쟁이 그랬고, 정치적, 사회적, 가정적 갈등의 원인도 이 때문이다. 틀린 것이 아니라 다른 것이다. 이 진리를 마음에 새기는 일이 성숙한 시민의 길이며, 인류 공영에 이바지하는 길이다. 다름이 진리다. 잘 새기겠습니다. 감사합니다.

필사와 다짐

년 월 일

84 일

오늘의 글

Freedom is not free. 자유는 공짜가 아니다.

– 워싱턴 한국전쟁탑

이해하기

자유는 공짜로 얻어지는 것이 아니다. 두 가지 자유가 있다. 하나는 내 생각, 말, 행동을 자유롭게 표현할 수 있는 헌법적 자유. 다른 하나는 상대, 환경에 구애받지 않는 정신적 자유. 첫 번째 자유 획득을 위해 수많은 사람이 죽고 투옥되고 투쟁했다. 이제 두 번째 자유를 획득할 때. 꾸준한 마음 수행이 필요한 이유다. 오늘도 필사와 다짐을 한다. 감사합니다.

필사와 다짐

년 월 일

85일

오늘의 글

만남의 이유가 이별의 이유가 된다. 냉철해서 좋았는데 날카로움에 베이고 열정적이어서 좋았는데 감당하기 벅차게 되었다.

– 권석천

이해하기

제대로 보지 못했기 때문. 칼은 날카로워 잘 자를 수 있지만 내 손이 베일 수 있다. 솜은 부드럽지만 어느 것도 자를 수 없다. 모든 존재는 고유한 특성을 가지고 있다. 칼이 솜이 될 수 없고 솜이 칼이 될 수 없다. 만남이 이별이 되는 이유는 그 특성을 몰랐거나, 칼이 솜이 되기를 바라는 어리석음 때문. 칼은 칼이고, 솜은 솜이다. 있는 그대로 감사합니다.

필사와 다짐

년 월 일

86 일

오늘의 글

누군가를 이기고 최고가 된 사람이 아니라, 최고가 되기 위해 최선을 다하는 사람이 챔피언이다.

– 곽경택

이해하기

모든 일에는 과정과 결과가 있다. 일을 평가하는 방법도 과정을 중요시하는 경우와 결과를 중요시하는 경우가 있다. 결과를 중요시하는 경우, 어떤 방법을 쓰든 최고가 된 사람을 챔피언이라 부른다. 과정을 중요시하는 경우, 최선을 다한 사람을 챔피언이라 부른다. 나에게 챔피언은 나에게 최선을 다한 사람. 오늘도 최선을 다한다. 감사합니다.

필사와 다짐

년 월 일

87 일

오늘의 글

돼지 눈에는 돼지가 보이고, 부처 눈에는 부처가 보이는 법이지요.

– 무학대사

이해하기

태조 이성계가 무학대사에게 농을 걸며 "오늘 보니 대사는 살진 돼지 같소이다." 대사 왈 "소승의 눈에 대왕께서는 부처님 같습니다." "나는 대사를 돼지라 했는데, 왜 대사는 나를 부처라 하시오?" "돼지 눈에는 돼지가 보이고, 부처 눈에는 부처가 보이는 법이지요." 시선, 관점, 마음의 차이다. 주변 사람이 어떻게 보이시나요? 관점을 잘 잡아야 한다. 감사합니다.

필사와 다짐

년 월 일

88 일

오늘의 글

인간이 불행한 유일한 원인은 자신의 방에서 고요히 쉬는 방법을 모른다는 것.

– 파스칼

이해하기

쉴 휴(休) 한자에서 보듯, 인간이 나무에 편안히 기대어 있는 모습이 쉼이다. 고요히 쉬어 본 적이 있는가? 핸드폰을 놓고 컴퓨터, TV, 가족을 놓고, 오롯이 나만의 시간을 가져본 적이 있는가? 이런 시간을 가지지 못하는 것이 불행의 원인이라고 대 철학자는 말한다. 자기 방에서 명상을 해보자. 한적한 오솔길을 걸어보자. 나만의 행복을 느껴보자. 오늘도 편안합니다. 감사합니다.

필사와 다짐

년 월 일

89 일

오늘의 글

매일 맑은 날만 계속되면 이 세상은 사막이 됩니다.

– 법산

이해하기

맑고 화창한 날만 계속되면 이 세상은 사막이 된다. 때론 흐리고, 비가 오고, 눈이 오고, 바람도 세게 불어야 지금의 세상이 유지된다. 마찬가지로 늘 화창하게 잘 나가는 인생이 결코 좋은 것이 아니다. 결국 번아웃되어 사막이 된다. 흐림, 바람, 비와 눈은 나를 유지하는 축복이다. 축복을 알고 축복을 즐긴다. 오늘도 감사합니다.

필사와 다짐

년 월 일

90 일

오늘의 글

모든 삼라만상은 봄 여름 가을 겨울의 순환을 따른다. 친구, 부부관계, 돈, 인기, 권력, 인생, 자연, 우주도.

– 고미숙

이해하기

이치이며 진리다. 늘 봄일 수 없고 늘 여름일 수 없고 늘 겨울일 수 없다. 생기고 성하고 쇠하고 멸하고 다시 생기고. 이 이치를 확연히 알고 순환의 흐름을 타야 한다. 봄은 봄대로, 여름은 여름대로, 가을은 가을대로, 겨울은 겨울대로 서핑하듯 즐기면 된다. 이래도 좋고 저래도 좋다. 오늘도 좋은 날이다. 감사합니다.

필사와 다짐

년 월 일

91 일

오늘의 글

나를 사랑하는 사람보다 내가 사랑하는 사람이 많은 사람이 큰 사람이다.

– 김흥숙

이해하기

내가 사랑하는 사람보다 나를 사랑하는 사람이 많은 사람을 '연예인' 이라 한다. 나를 사랑하는 사람보다 내가 사랑하는 사람이 많은 사람을 '군자', '대인' 이라 한다. 사랑받는 게 좋은가? 사랑하는 게 좋은가? 종과 주인의 차이. 사랑받는 종이 아닌 사랑하는 주인이 되자. 오늘도 사랑합니다. 감사합니다.

필사와 다짐

년　　월　　일

92일

오늘의 글

위기는 위기일 뿐 기회가 아니다. 그러나 준비된 자에게는 기회가 된다.

– 김인백

이해하기

시작이 반이라는 말이 있다. 왜 시작이 반인가? 눈에 보이는 것은 시작이나, 이 시작 전에 많은 준비 작업이 있었기 때문. 개업 날이 시작인 것처럼 보이나, 수많은 준비와 노력의 날들이 있었다. 개업은 성패의 갈림길이고 위기다. 그러나 잘 준비했다면 성공의 기회가 된다. 준비된 자가 성공한다. 오늘도 준비한다. 감사합니다.

필사와 다짐

년 월 일

93 일

오늘의 글

사람의 몸은 심장이 멎을 때 죽지만
사람의 영혼은 꿈을 잃을 때 죽는다.

– 전성철

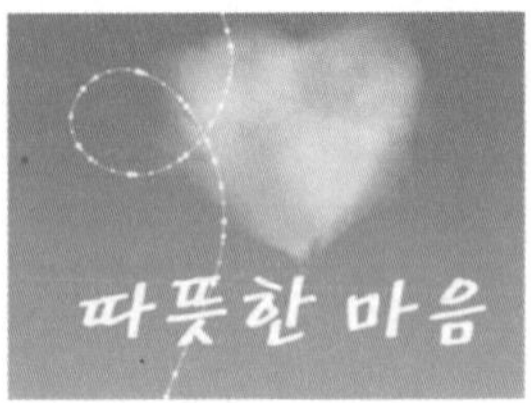

이해하기

보통 따뜻한 마음을 심장으로 표현한다. 따뜻한 마음이 식을 때, 몸도 식으며 무력해진다. 꿈은 마음의 간절함이다. 이 간절함이 있는 사람을 영혼이 살아 있다고 한다. 간절함까지는 아니더라도 따뜻함만 가져도 우리는 건강히 행복하게 살 수 있다. 그러나 큰일을 하려면 간절함은 필수. 꿈은 필수다. 오늘도 감사합니다.

필사와 다짐

년 월 일

94 일

오늘의 글

"꿈은 이루어진다."는 거짓말이다.
꿈은 만들어 내는 것이다.

– 법산

이해하기

꿈은 꿈일 뿐이다. 그냥 이루어지지 않는다. 그냥 이루어진다면 잠잘 때뿐이다. "내가 꿈이 있다."라고 말하는 것은 비전과 전략이 있다는 말. 비전과 전략이 없다면 꿈이라 말하면 안 된다. 꿈은 내가 만들어 내는 것이지, 그냥 생기는 것도 이루어지는 것도 아니다. 꿈 깨자. 오늘도 내가 만듭니다. 감사합니다.

필사와 다짐

년　　월　　일

95 일

오늘의 글

씨앗을 뿌리지 않으면 수확이 있을 수 없다. 우주의 제 1법칙이다.

– 김용욱

이해하기

우주의 제2법칙, 씨앗을 뿌린다고 반드시 수확한다고 말할 수 없다. 우주의 제3법칙, 수확할 수 없더라도 씨앗을 계속 뿌려야 한다. 우리 인생의 법칙이다. 특히 2법칙을 명심하자. 씨앗을 뿌리고 잘 가꿔도 태풍, 홍수, 가뭄으로 수확을 못 할 수도 있다. 그래도 다시 씨앗을 뿌려야 한다. 지구가 멸망해도 한 그루의 사과나무를 심겠다는 스피노자의 외침처럼. 오늘도 씨앗을 뿌린다. 감사합니다.

필사와 다짐 년 월 일

96일

오늘의 글

숨을 내뱉지 않고 마시기만 하면 죽는다.
내보내야 새것을 채울 수 있다.

– 강두진

이해하기

손에 쥔 것을 놓아야 새로운 것을 쥘 수 있다. 그런데 사람들은 숨을 내뱉지 않고, 손을 펴지 않고, 마시고 쥐려 한다. 이런 마음과 행동을 '욕심' 이라 한다. 더 많이 채우고 더 큰 것을 쥐려면 더 비우고 놓아야 한다. 그런데 습관상 쉽지 않다. 그래서 연습이 필요하다. 수시로 비우고 놓아 보자. 그럼 가벼워지고 힘도 세진다. 오늘도 가볍게 시작합니다. 감사합니다.

필사와 다짐

년 월 일

97 일

오늘의 글

네가 가진 것이 뭐가 있냐? 오로지 실력으로 보여 주는 길밖에 없다.

– 박지성 아버지

이해하기

힘에는 외력과 내력이 있다. 내 위치와 조건이 만들어 내는 힘을 외력. 내 인격과 능력이 만들어 내는 힘을 내력. 진짜 힘 '실력'은 외력인가? 내력인가? 외력은 상황에 따라 쉽게 변한다. 하지만 내력은 상황이 변할수록 더욱 빛이 난다. 진짜 힘은 내력이다. 내력을 키워야 한다. 오늘도 필사와 다짐을 하는 이유. 감사합니다.

필사와 다짐

년 월 일

98일

오늘의 글

남이 가는 길을 가면 편안하지만 종속되고, 새로운 길을 가면 험난하지만 독립된다.

– 박경철

이해하기

남이 만들어 놓은 편안한 길을 갈 것인가? 내가 만드는 새로운 길을 갈 것인가? 대부분 별생각 없이 부모가 말하는 사회가 요구하는 길을 간다. 결과는 무난하고 평범한 인생. 자기만의 길을 개척하는 소수의 사람이 있다. 평탄할리 없지만 성과가 날 땐, 독립된 주체로 세상의 찬사를 받는다. 어떤 것이 좋다고 말할 수 없다. 내 선택일 뿐. 오늘도 내 길을 간다. 감사합니다.

필사와 다짐

년 월 일

99 일

오늘의 글

목표를 높게 잡지 말고 아주 높게 잡아라. 생각의 크기만큼 변화한다.

– 짐 콜린스

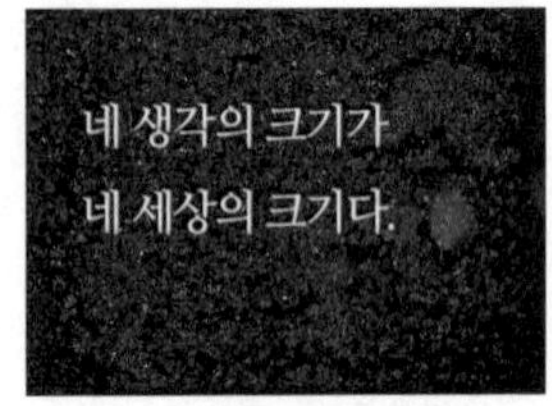

이해하기

사람마다 그릇의 크기가 있다고 한다. 생각의 크기, 사고의 높이를 말한다. 생각의 크기가 내 가족, 내 인생이면, 그 정도의 삶을 산다. 생각의 크기가 친구, 회사, 지역이면, 그 정도의 삶을 산다. 생각의 크기가 국가, 민족, 인류, 우주이면, 그 정도의 삶을 산다. 우리가 알고 있는 모든 위인, 성인의 공통점은 생각의 그릇이 아주 크다는 점. 내 생각의 크기가 내 세상의 크기다. 오늘도 감사합니다.

필사와 다짐

년 월 일

100 일

오늘의 글

인생의 목적은 이기는 것이 아니라 성장하고 나누는 것이다. 당신은 다른 사람들을 이긴 순간보다 그들의 삶에 기쁨을 준 순간을 회상하며 더 큰 행복을 얻을 것이다.

– 쿠시너

이해하기

'이긴다' 는 인생의 목적이 될 수 없다. 산업 자본주의 사회가 되며 경쟁이 최고의 생산성을 담보하면서 이기고 지는 문제가 중요한 일이 되었다. 이기고 지는 문제는 생산성, 자본의 문제지 삶의 목적, 가치, 행복과는 거리가 먼 단어다. 누구를 이기려고 하면 인생에서 진다. 이기는 것이 아니라 성장하고 나눠야 한다. 오늘도 베풀겠습니다. 감사합니다.

필사와 다짐

년 월 일

101일

오늘의 글

길을 가다 돌이 나타나면 약자는 걸림돌이라 하고 강자는 디딤돌이라 한다.

– 카일라일

이해하기

똑같은 돌이 누구에게는 걸림돌, 누구에게는 디딤돌이 된다. 왜 이런 차이가 날까? 결과의 차이다. 계속 전진해 결과가 성공적이면 그 돌을 디딤돌이라 하고, 그 돌에 걸려 주저앉아 포기해 버리면 걸림돌이라 한다. 포기하지 않으면 인생에 걸림돌은 없다. 다 디딤돌뿐이다. 오늘도 쭉 간다. 감사합니다.

필사와 다짐

년 월 일

102일

오늘의 글

4월에 눈이 내리고 추운 강풍이 불어도
개나리의 터짐은 막을 수 없다.

– 법산

이해하기

변화는 일정하게 일어나는 것이 아니라 요동을 치며 일어난다. 그 요동의 평균을 내 보면 분명 겨울에서 봄으로 변화하고 있다. 요동만을 보는 것을 근시안, 요동의 평균값을 보는 것을 멀리 본다고 한다. 두 개를 다 봐야 한다. 자세히도 보고 멀리도 본다. 그래야 제대로 볼 수 있다. 오늘도 잘 보겠습니다. 감사합니다.

필사와 다짐

년 월 일

103 일

오늘의 글

난 평생 단 하루도 일하지 않았다.
일과 재미있게 놀았을 뿐이다.

– 에디슨

이해하기

일과 놀이의 통일. 가장 행복하게 일하는 방법이다. 일이 놀이가 되고, 놀이가 일이 된다. 놀이이기에 야근, 중노동, 착취라는 개념이 없다. 남이 보면 밤새워 중노동한 것이 본인은 밤새워 즐겁게 논 것. 이렇게 재미나게 끊임없이 일하니 탁월한 성과는 기본. 이것이 진정한 노동 해방이다. 오늘도 재미있게 놀아 보자. 감사합니다.

필사와 다짐

년 월 일

104일

오늘의 글

탐욕의 반대는 무욕이 아니라 만족이다.

– 달라이라마

이해하기

인간을 괴롭히는 가장 큰 독이 탐욕이고, 이를 제거하는 것이 불가 수행의 핵심. 탐욕이 아닌 무욕의 경지를 이루기 위해, 부처님 이전 많은 수행자가 엄청난 고행을 했다. 그러나 아무도 이루지 못했다. 왜냐하면, 인간은 욕망 그 자체이기 때문. 이를 제거하는 방법은 무욕이 아닌 만족의 마음을 내는 것. 만족이 행복이다. 오늘도 행복합니다. 감사합니다.

필사와 다짐 년 월 일

105 일

오늘의 글

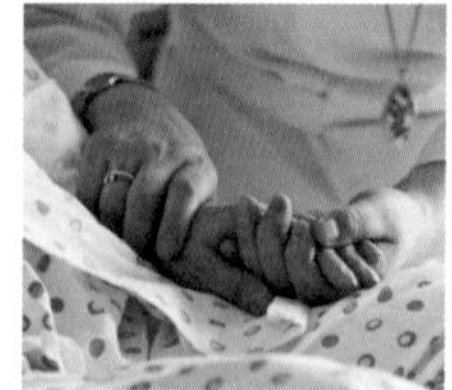

아기는 태어나면 본인은 울고 주위는 웃는다. 결혼식에선 본인도 주위도 웃는다. 죽을 땐 나는 웃고 주위는 울어 주는 그런 삶을 살고 싶다.

– 민병철

이해하기

아기 때, 결혼식 때, 누구나 똑같은 모습이다. 그러나 죽을 때 모습은 천태만상. 대부분의 사람은 고통스러운 모습으로, 때론 사고에 의한 처참한 모습으로 떠난다. 정말 극소수의 사람만이 미소를 짓는데, 어떤 사람일까? 여한이 없는 사람. 세상에 집착이 없는 사람이다. 오늘도 집착을 내려놓고 편안히 산다. 감사합니다.

필사와 다짐

년 월 일

106일

오늘의 글

사랑이란 나와 전혀 다른 사람을
이해하고 기뻐하는 것이다.

– 니체

이해하기

사랑이란 나와 비슷한 사람에게 느끼는 동질감, 이해심, 기쁨이 아니라, 나와 전혀 다른 사람에게 동질감, 이해심, 기쁨을 느끼는 것. 생각, 말, 행동이 전혀 다른 사람에게 이런 긍정적 감정을 낼 수 있는 사람을 천사라 부른다. 높은 수준이다. 나와 다른 사람을 내치거나 괴롭히지는 말자. 최소한 이 정도는 되자. 오늘도 사랑합니다. 감사합니다.

필사와 다짐

년 월 일

107일

오늘의 글

열심히 노력해서 성공했다는 사람이 제일 싫다. 노력 안 하는 사람이 어딨냐?

– 김정운

이해하기

성공을 위해 노력은 필요조건이지 충분조건이 아니다. 농부가 가을에 수확하기 위해서는 반드시 봄에 씨앗을 뿌리고 여름내 잘 가꿔야 한다. 필요조건이다. 하지만 씨앗을 뿌리고 잘 가꾼다고 모두 수확하는 건 아니다. 가뭄, 홍수, 태풍 등 환경적 요인으로 못할 수도 있다. 분명한 것은 수확과 성공을 하려면 노력은 필요조건이라는 것. 오늘도 노력할 뿐이다. 감사합니다.

필사와 다짐

년 월 일

108 일

오늘의 글

나의 몰락은 남이 아닌 나 때문이다.
내 최대 적은 바로 나 자신이다.

– 나폴레옹

이해하기

나폴레옹을 비롯한 많은 영웅의 공통된 마음가짐. 바로 내 문제라는 것을 자각하는 것. 나의 최대 적은 상대가 아니라 나 자신이다. 부처님은 "나를 이기는 자가 100만 대군을 이기는 자보다 강하다."라고 말씀하셨다. 나의 최대 적은 물러서고 움츠리려는 나 자신. 오늘도 당당히 시작하자. 감사합니다.

필사와 다짐

년 월 일

109 일

오늘의 글

잘못 산 물건은 교환, 반품할 수 있다. 그러나 하나뿐인 내 삶은 교환불가, 반품불가, 환불불가다.

– 김기택

이해하기

물건은 교환, 반품, 환불이 가능한데 왜 삶은 불가능할까? 유일하기 때문이다. 이 세상에 하나뿐이기 때문. 그래서 대체 불가다. 그래서 소중하다. 교환, 반품, 환불, 대체가 불가한 유일한 내 삶을 소중히 다루고 예쁘게 만들어야 한다. 교환, 반품, 대체 불가한 오늘이다. 소중하게 살자. 감사합니다.

필사와 다짐

년 월 일

110 일

오늘의 글

우리는 모두 작곡가. 인생이 라는 악보에 음계, 리듬, 쉼표를 오늘도 넣고 있다.

– 법산

이해하기

지금까지 내 인생의 악보를 돌이켜보자. 언제 장조였고 언제 단조였는지, 어떤 리듬을 탔는지, 숨을 쉬기 위한 쉼표는 잘 찍었는지, 그리고 오늘 어떤 음정으로 리듬을 타며 숨을 쉴 건지 생각해 보자. 내 인생의 노래는 내가 만든다. 신나고 멋지게 만들어 보자. 오늘도 행복합니다. 감사합니다.

필사와 다짐

년 월 일

111일

오늘의 글

타인에게 관심이 없는 사람은 큰 어려움을 겪게 되고 타인에게도 해를 끼친다.

– 아들러

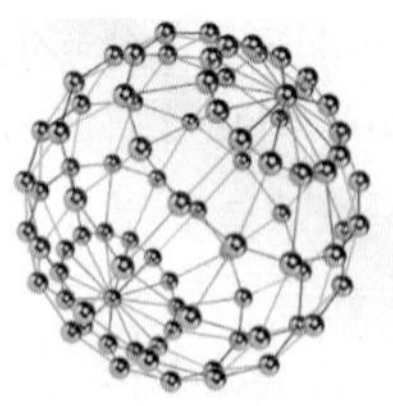

이해하기

이것이 있으면 저것이 있고, 이것이 없으면 저것도 없다는 상호 연관성은 세상에 존재하는 모든 만물의 본래 모습이다. 이런 연관성을 모르는 사람은 자연의 순리에서 벗어나 어려움을 겪게 된다. 타인에게도 큰 위협이 된다. 네가 죽으면 나도 죽고, 네가 살면 나도 산다. 네가 불행하면 나도 불행하고, 네가 행복하면 나도 행복하다. 같이 살고 같이 행복한 길을 가야 한다. 감사합니다.

필사와 다짐

년　　월　　일

112일

오늘의 글

세상의 조명을 받고 돈도 벌고 인기도 얻었다. 그러나 불행했다. 주변에 의해 만들어진 나였기 때문이다.

– 김완선

이해하기

한때 최고의 스타가 중년이 되어 말한다. 불행한 이유가 나는 주변에 의해 만들어졌기 때문. 나의 생각, 의지, 마음과 상관없이 주변의 생각, 의지, 요구에 따라 살았기 때문. 내가 없었다. 하루를 살아도 나답게 살아야 한다고, 노자님이 강조하신 이유다. 오늘도 나답게 산다. 나는 나다. 감사합니다.

필사와 다짐

년 월 일

113일

오늘의 글

내가 옳다는 마음을 내려놓으면 모든 번뇌는 사라진다.

– 석가모니

#인간관계_스트레스_원인_1위

내가 옳다는 마음

—

"그래도 내 말이 맞아"

이해하기

화나고, 짜증 나고, 미워하고, 원망함은 내가 옳다는 생각이 만든 괴로움. 왜 화가 나는가? 왜 짜증이 나는가? 왜 미워하고 원망하는가? 한마디로 내 마음에 들지 않기 때문. 내 마음, 내 생각과 다르게 말하고, 행동하기 때문. 내 마음, 생각, 믿음이 옳은가? 정말 옳은가? 아니면 다를 뿐인가? 옳다고 고집할수록 괴로움은 커질 뿐이다. 고집하지 않겠습니다. 오늘도 감사합니다.

필사와 다짐

년 월 일

114 일

오늘의 글

늙되 늙은이가 되지 말자. 매일 새로움을 느끼면 삶은 늘 청춘이다.

– 마리드 엔젤

청춘, 빛나게 아름다운

이해하기

매일 새로움을 느낀다는 것이 무엇인가? 매일 어떤 활동을 통해 정신적 정서적으로 성장한다는 것. 공부를 통해 뭔가 새로운 것을 알았을 때, 일을 통해 뭔가 새로운 결과를 얻었을 때, 활동을 통해 뭔가 보람을 느꼈을 때, 하루하루 삶에서 만족과 보람을 느낀다면 그 사람은 늘 청춘이다. 늙되 청춘으로 살자. 감사합니다.

필사와 다짐

년 월 일

115일

오늘의 글

행복한 가정이 천국의 시발점이다.

– 문선명

이해하기

막대한 부와 명예를 가지고 있고 세상을 다 얻었다 해도, 가정이 행복하지 못하면 불행하다고 통일교 총재는 말한다. 가장 먼저 통일을 이뤄야 하는 것이 가정이고, 이 힘으로 세상을 통일할 수 있다고 말한다. 공자님의 말씀, 수신제가 치국평천하. 나를 사랑하고 가족을 사랑하는 일이 세상을 사랑하는 일이다. 가정이 중요합니다. 오늘도 사랑합니다. 감사합니다.

필사와 다짐

년 월 일

116일

오늘의 글

행복은 안경과 같다. 이를 통해 세상을 보고 잃어버린 후 소중함을 안다.

– 호크

이해하기

안경은 눈에 보이지 않는다. 하지만 이를 통해 세상을 보고 느끼며 살아간다. 일상의 평범함 무탈함이 행복인데, 평소에는 못 느끼다 잃어버린 후 크게 당황하고 후회한다. 지금 내 곁에 있는 모든 물건, 사람, 환경이 행복이다. 감사하고 감사합니다.

필사와 다짐

년 월 일

117일

오늘의 글

대나무가 모진 바람에 꺾이지 않는 것은
속이 비었고 마디가 있기 때문이다.

– 성철

이해하기

'속이 비었다'는 가볍고 욕심을 부리지 않는다는 뜻. 마디는 삶에서 마주한 좌절, 갈등, 실수, 절망, 병고, 이별의 흔적이다. 아픔의 마디가 강할수록 꺾이지 않는다. 비가 와야 땅이 굳고, 때릴수록 단단해지는 무쇠와 같이, 시련은 우리를 강하게 해준다. 대나무처럼 가볍게 산다. 감사합니다.

필사와 다짐

년　　월　　일

118일

오늘의 글

남과의 비교는 무서운 흉기다. 나는 나고, 나는 내 방식대로 산다.

– 법산

비교하지
말라
(고린도후서 10장 12절)

이해하기

내 마음에 상처 주는 가장 무서운 흉기가 '남과의 비교'이다. 비교에는 만족이 없기 때문. 우월감과 열등감이 반복적으로 쌓여 마음을 산산조각 낸다. 결국 초라한 모습만 남는다. '천상천하유아독존(天上天下唯我獨尊)' 나는 세상에서 가장 고유하고 존귀한 존재다. 나는 어느 누구와 비교할 수 없는 소중한 존재임을 자각해야 한다. 나는 나고, 나는 내 방식으로 산다. 감사합니다.

필사와 다짐

년 월 일

119 일

오늘의 글

궁수는 화살이 빗나가면 자신을 탓하지 과녁을 탓하지 않는다.

– 알랜드

이해하기

활쏘기를 배운다. 처음에는 화살이 과녁에 미치지 못한다. 힘이 없기 때문. 연습을 통해 힘을 기르면 화살이 빗나간다. 정말 기적적으로 과녁을 맞히면 너무 기쁘다. 기쁨의 경험을 안고 계속 연습한다. 연습하면 할수록 과녁에 맞는 횟수가 증가한다. 그렇게 자신을 갈고 닦아 훌륭한 궁수가 된다. 과녁은 잘못이 없다. 오늘도 연습입니다. 감사합니다.

필사와 다짐

년 월 일

120 일

오늘의 글

고인 물은 썩는다. 썩은 물은 마실 수 없다. 흐르는 물이어야 한다.

– 이나모리

이해하기

생명은 운동이다. 활발히 움직이면 생명력이 충만한 것. 움직임이 없는 것을 무생물이라 한다. 생물이 움직임이 없으면 죽었다고 한다. 죽은 생물은 썩고 부패한다. 살아 있다면 움직여야 한다. 적극적으로 움직일수록 잘 살아 있는 것. 오늘도 잘살아 보자. 감사합니다.

필사와 다짐

년 월 일

121 일

오늘의 글

물 위를 걷는 게 기적이 아니고 땅 위를 걷는 게 기적이다. 감사하고 소중한 순간이다.

– 무명

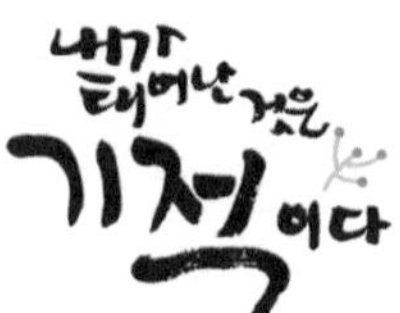

이해하기

나는 전주 이씨 양녕대군 20대손이다. 내가 지금 이 땅에 살아 있기 위해 몇 명의 조상님이 애쓰셨을까? 바로 위 부모님 2명, 부모님의 부모님 2×2=4명, 증조부님 2×2×2=8명, 고조부님 2×2×2×2=16명, 이렇게 20번을 하면 2^{20} = 1,048,576명. 지금 나의 존재는 양녕대군 이후 100만 명이 넘은 직계 조상님이 애써 주신 결과. 기적이 아니고 무엇인가. 나는 정말 소중한 존재입니다. 감사합니다.

필사와 다짐

년 월 일

122일

오늘의 글

근심은 애욕에서 생기고, 재앙은 물욕에서 생기며, 허물은 경망에서 생기고, 죄는 참지 못하는 데서 생긴다.

– 부처님

이해하기

불교 초기 경전, 숫타니파타에 나오는 부처님 말씀. 애욕과 갈망으로 근심 걱정이 생긴다. 물질에 대한 탐욕으로 재앙이 생긴다. 경솔한 말과 행동으로 허물이 생긴다. 참지 못해 내뱉는 분노의 말과 행동으로 죄가 생긴다. 최소한 화는 내지 말자. 죄는 짓지 말자. 오늘도 편안합니다. 감사합니다.

필사와 다짐

년 월 일

123 일

오늘의 글

복은 검소함에서 생기고, 덕은 겸양에서 생기며, 지혜는 고요히 생각하는 데서 생긴다.

– 부처님

이해하기

불교 초기 경전 숫타니파타에 나오는 부처님 말씀⑵. 복은 채움이 아닌 비움, 검소함에서 생긴다. 늘 겸손하고 양보하는 마음에서 덕이 생긴다. 조용히 앉아 나를 들여다보며 나를 알 때 지혜가 생긴다. 복 받기를 원한다면 소박하고 검소해야 한다. 경주 최씨 가문의 비결이다. 오늘도 검박하게 살겠습니다. 감사합니다.

필사와 다짐

년 월 일

124일

오늘의 글

사랑은 이유를 묻지 않고 아낌없이 주고도 혹시 모자라지 않나 걱정하는 것이다.

– 무명

이해하기

기꺼이 모든 것을 주는 것이 사랑이다. 그런데 전제가 있다. 상대가 원할 때다. 상대가 원하지 않는데 아낌없이 주겠다고 덤비면 추행이고 폭력이다. 이렇게 퍼붓는 부모, 애인의 폭력으로 아이들과 상대는 깊은 상처를 받는다. 상대가 원할 때의 베풂은 사랑이지만, 그렇지 않으면 폭력임을 명심하자. 오늘도 사랑하겠습니다. 감사합니다.

필사와 다짐

년 월 일

125일

오늘의 글

나만의 독창성이야말로 행복하고 충만한 라이프스타일을 유지하는 필수 요소다.

– 아들러

이해하기

독창성(originality)은 자부심, 자존감의 핵심 요소. 독창성은 기존 경쟁 체계를 벗어나, 내가 주인으로 일등이 될 수 있는 핵심 무기다. 자부심, 자존감을 가지고 내가 주인 노릇을 한다면 행복하고 충만한 삶이다. 나는 나다. 나는 천상천하유아독존(天上天下唯我獨尊)한 존재다. 오늘도 주인으로 살겠습니다. 감사합니다.

필사와 다짐

년　　월　　일

126일

오늘의 글

모든 물질은 고유진동수(고유파장)가 있다. 사람도 마찬가지다.

– 법산

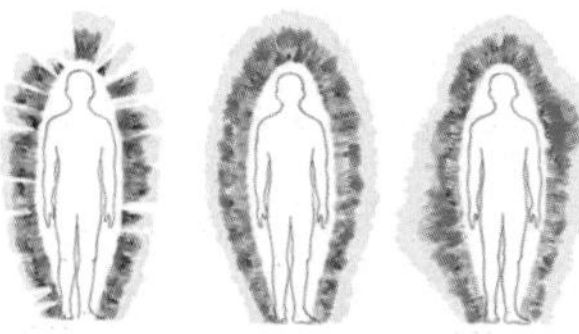

이해하기

모든 물질은 에너지다($E=mc^2$). 모든 물질은 고유의 에너지를 발산한다. 어떤 사람이 나타나면 분위기가 싸늘해진다. 차가운 에너지를 뿜기 때문. 어떤 사람이 나타나면 따뜻하고 유쾌해진다. 따뜻하고 유쾌한 에너지를 뿜기 때문. 나는 어떤 에너지를 뿜고 있는가? 어떤 말과 행동을 하고 있는가? 오늘도 행복의 에너지를 뿜는다. 감사합니다.

필사와 다짐

년 월 일

127 일

오늘의 글

토끼, 다람쥐, 개미들도 다 잘사는데 우리 인간이 못 살게 뭐가 있어요. 내가 대단하다는 과대망상에 사로잡혀 있어서 그래요. 내가 길가의 풀 한 포기다 생각하면 걱정할 일이 없습니다. – 법륜

이해하기

나는 대단하다, 특별하다는 과대망상이 문제. 나를 너무 높게 인식하는 것이 문제다. 내가 특별하다고 생각할수록 현실은 그렇게 되지도 대접해 주지도 않는다. 이 차이가 열등감을 키우고 괴로움을 만든다. 나는 길가의 풀 한 포기와 별 차이 없다고 생각하면 기대가 낮아지고 가벼워진다. 가볍게 살자. 이게 행복의 길이다. 오늘도 감사합니다.

필사와 다짐

년 월 일

128 일

오늘의 글

나는 스승으로부터 지혜를, 친구로부터 더 많은 지혜를, 제자로부터 가장 많은 지혜를 얻었다.

– 탈무드

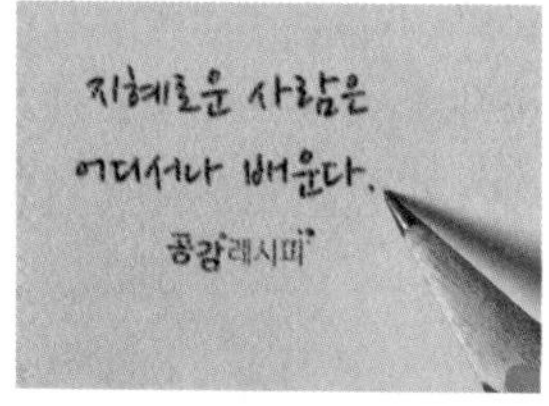

이해하기

우리가 일반적으로 알고 있는 것과 반대. 핵심은 지혜다. 똑똑한 사람보다 어리석고 부족한 사람들에게서 더 큰 지혜를 얻을 수 있다. 그래서 부처님, 예수님, 공자님도 세상으로 나가셨고 관세음보살, 지장보살도 속세와 지옥으로 가셨다. 일단 내가 먼저 지혜로워져야 한다. 그리고 사람들과 그 지혜를 나눠야 한다. 오늘도 감사합니다.

필사와 다짐

년 월 일

129일

오늘의 글

몸과 마음은 하나다. 몸이 아프면 마음을 어루만져 일으키고, 마음이 아프면 몸을 단련하여 일으킨다.

– 브레던

이해하기

몸과 마음은 아주 긴밀히 연결되어 있다. 의학적으로도 증명된 사실. 몸이 아프면 몸을 단련시키는 것이 아니라 마음을 어루만져 줘야 한다. 마음이 아프면 마음을 단련시키는 것이 아닌 몸을 움직여 줘야 한다. 갑자기 부정적 감정이 들면 자리를 털고 일어나 산책을 해라. 마음은 몸으로 치유한다. 몸은 마음으로 치유한다. 오늘도 잘 살피겠습니다. 감사합니다.

필사와 다짐

년 월 일

130 일

오늘의 글

일체개고(一切皆苦, 모든 것이 괴로움).
이것이 사실이다.
– 석가모니

일체개고(一切皆苦)
모든 것은 괴로움이다

이해하기

부처님이 찾은 3가지 사실(진리)을 삼법인(三法印)이라 한다. 일체개고, 제행무상(諸行無常), 제법무아(諸法無我). 우리가 사는 이 세상은 모두 괴로움이다. 왜냐하면 변하는 것을 변하지 않는다고 실체가 없는 것을 있다고 잘못 인식하기 때문. 인식의 오류로 늘 괴롭다. 사실을 바로 아는 것이 행복의 시작이다. 오늘도 감사하고 감사합니다.

필사와 다짐

년 월 일

131 일

오늘의 글

생각하지 않는 사람은 고집불통이요, 생각할 수 없는 사람은 바보요, 생각대로 행동하지 않는 사람은 노예다.

– 드라몬드

이해하기

내 생각대로 행동하는 사람, 내가 좋아하는 일을 하는 사람을 주인이라 한다. 남 생각대로 행동하는 사람, 남이 좋아하는 일을 하는 사람을 노예라 한다. 노예는 생기는 것이 아니라 길들여진다. 개, 코끼리가 길들여지듯. 무엇이 나의 생각, 내가 좋아하는 일을 막고 있는가? 무엇의 노예인가? 잘 생각해 봅니다. 오늘도 감사합니다.

필사와 다짐

년　　월　　일

132일

오늘의 글

세상에서 가장 어려운 일이 뭔지 아니? 돈 버는 일? 공부하는 일? 세상에서 가장 어려운 일은 사람의 마음을 얻는 일이란다.

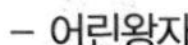

– 어린왕자

이해하기

사람의 마음을 얻는다는 것이 무엇인가? 그냥 좋아, 난 무조건 네 편이야. 네가 어떤 상황, 어떤 조건이든 난 너를 믿고 응원하고 좋아해. 친구의 정의다. 세상에서 가장 어려운 일은 진정한 친구를 얻는 일. 이런 마음의 친구 1명만 있다면 그 어떤 세상도 능히 헤쳐나갈 수 있다. 내가 만들어야 한다. 오늘도 감사합니다.

필사와 다짐

년　　월　　일

133일

오늘의 글

어린 시절 사랑받았던 경험은 평생 간다. 사랑을 받아 본 사람이 사랑할 수 있다.

– 호치키스

이해하기

고기도 먹어 본 사람이 먹을 줄 안다. 된장도 먹어 본 사람이 좋아한다. 어린 시절 경험했던 모든 감각과 감정은 고스란히 내 마음속, 무의식 속에 저장돼 있다. 그래서 아이들의 환경과 교육이 정말 중요하다. 사랑과 애정을 듬뿍 주어야 한다. 따뜻한 사회는 따뜻한 부모가 만든다. 오늘도 사랑합니다. 감사합니다.

필사와 다짐

년 월 일

134일

오늘의 글

모든 비즈니스는 인간적 제품, 체험, 관계를 제공하는 산업이며 그 바탕은 휴머니즘이다.

– 백위드

"소크라테스와
점심을 함께
할 수 있다면 애플이 가진
모든 기술을
그것과 바꾸겠다"

이해하기

휴머니즘(Humanism)은 인문주의(人文主義), 인본주의(人本主義)로 인간의 존재 자체를 중요시하고 인간의 능력과 가치, 자유와 행복을 귀중하게 여기는 정신이다. 인간에 대한 깊은 통찰이 모든 비즈니스의 바탕이라는 말. 기업이 인문학 공부를 열심히 하는 이유다. 비즈니스는 휴머니즘이다. 오늘도 감사합니다.

필사와 다짐

년 월 일

135일

오늘의 글

인생의 진정한 비극은 가지고 있는 장점을 충분히 활용하지 못하는 데 있다.

– B. 프랭클린

이해하기

사람들은 장점이 아닌 단점, 부족함에 사로잡혀 왜 이 정도밖에 안 될까 자책하고 실망한다. 진정한 비극이다. 신은 누구에게나 달란트를 주었다. 이 사실을 확신해야 한다. 내 장점을 찾아 잘 활용하는 일은 내 인생을 희극으로 만드는 일. 너무도 중요한 일이다. 나를 잘 살펴야 한다. 오늘도 감사합니다.

필사와 다짐

년 월 일

136 일

오늘의 글

행복은 성공이나 돈으로 얻는 결과가 아니라 마음속에 있는 감사를 측정한 값이다.

– 윤석금

그러니까 감사
그럼에도 감사
그럴수록 감사
그것까지 감사

이해하기

돈, 성공. 해볼 만큼 한 그룹 회장님의 회고. 행복은 일의 결과가 아니라 마음속 감사의 크기. 감사의 크기가 크면 행복한 사람이요, 작으면 불행한 사람. 감사의 크기는 노력의 산물이다. 감사할 일을 많이 찾아야 한다. 그런데 찾아보면 정말 많다. 오늘도 건강히 살아 있음에 감사합니다.

필사와 다짐

년 월 일

137일

오늘의 글

How to be happy. Don' t think too much. Don' t act too much. Just feel it.

– 법산

이해하기

행복해지는 법. 생각을 많이 하지 마라. 행동을 많이 하지 마라. 내가 살아 있음을 온몸으로 느껴라. 모든 순간을 느낄 수 있는 사람은 진정 행복하다. 지금 여기에서 내가 온전히 느낄 수 있다면 망상, 괴로움은 들어올 수 없다. 지금 눈을 감고 느껴보자. 내 호흡을 내 몸 상태를. 오늘도 감사하고 감사합니다.

필사와 다짐

년 월 일

138일

오늘의 글

위대한 영혼은 오해를 받는다. 피타고라스, 소크라테스, 예수, 루터, 갈릴레오, 뉴턴 모두 그랬다.
– 에머슨

이해하기

위대한 사상 지식을 발견한 사람은 수많은 오해와 비난을 받는다. 왜 그럴까? 위대하기 때문. 일반 사람들의 생각과 상상으로는 미칠 수 없는 높이이기 때문. 오해, 비난을 받으면 빙긋이 웃자. 왜냐하면, 그들은 내 생각의 높이를 가늠하기 어렵기 때문. 오늘도 그저 웃는다. 감사합니다.

필사와 다짐

년 월 일

139 일

오늘의 글

인간은 다른 사람처럼 되고자 하기 때문에 자기 잠재력의 4분의 3을 상실한다.

– 쇼펜하우어

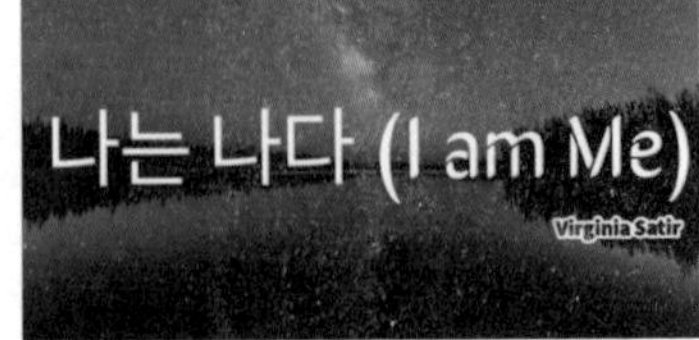

이해하기

4분의 3은 75%. 누군가를 따라가면 내 잠재능력의 75%를 상실한다는 말. 다른 사람처럼 되는 것이 아닌 나처럼 되기 위해 일한다면 내 잠재능력의 100%를 사용할 수 있다. 모든 위대한 사상가, 예술가, 사업가들의 공통점. 따라함이 아닌 자신의 독특함으로 일가를 이룬 사람들이다. 나는 나다. 오늘도 감사합니다.

필사와 다짐 년 월 일

140일

오늘의 글

똑똑한 사람보다 친절한 사람이 되는 게 더 힘들다는 것을 언젠가 깨달을 거야.

– 제프 베조스

이해하기

똑똑함은 지식의 문제. 친절함은 마음과 행동의 문제. 지식 능력을 높이는 것과 마음과 행동 능력을 높이는 것. 당연히 후자가 어렵다. 친절한 마음은 내가 친절하겠다고 생기는 게 아니라, 사람에 대한 애정이 넘쳐야 생긴다. 애정은 감사의 기도로 만들어진다. 내 곁에 있는 모든 분께 감사하고 감사합니다.

필사와 다짐

년 월 일

141 일

오늘의 글

스스로 준비를 마쳤다고 세상이 기회의 문을 열어주는 건 아니다. 하지만 준비가 되어 있지 않으면 기회 자체를 얻을 수 없다.

– 퍼거슨

진인사대천명
盡人事待天命
사람으로서 해야 할 일을 다하고 나서 하늘의 뜻을 기다린다

이해하기

비슷한 말이 진인사대천명(盡人事待天命). 내가 할 수 있는 일에 최선을 다하고 천명을 기다린다. 최선을 다해 준비하는 것은 사람의 몫이고 뜻을 이루는 것은 하늘의 몫이다. 핵심은 최선을 다해 준비했는가? 준비된 자만이 기회를 잡을 수 있다. 오늘도 준비할 뿐이다. 감사합니다.

필사와 다짐

년 월 일

142 일

오늘의 글

세상에서 가장 먼 거리는 머리에서 발까지다. 생각을 행동으로 옮기는 일은 세상에서 가장 어려운 일이다.

– 괴테

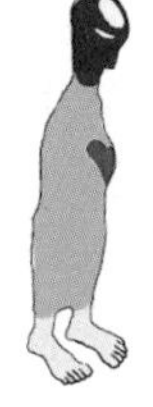

가장 먼 여행
머리에서 가슴까지의 여행이
가장 먼 여행입니다.
그리고 또 하나의 먼 여행은
가슴에서 발까지의 여행입니다.

이해하기

생각을 행동으로 옮기는 일은 어렵다. 큰 의지가 필요하고 그 힘을 유지하기도 쉽지 않다. 생각의 힘을 이성이라 한다. 옳고 그름, 유익함과 유해함을 판단한다. 그런데 그 판단에 따라 실제 행동할 수 있는가는 다른 능력이다. 알아도 행동으로 옮기는 일이 어렵다는 사실만이라도 확실히 알자. 그러면 괴로움이 줄어든다. 오늘도 행동한다. 감사합니다.

필사와 다짐

년 월 일

143일

오늘의 글

오늘 그늘에 앉아 쉴 수 있는 이유는 오래전 누군가가 나무를 심었기 때문이다.

– 워렌 버핏

Someone's sitting in the shade today because someone planted a tree a long time ago. – Warren Buffett

이해하기

지금 우리 삶의 안락과 편의는 과거 누군가의 노력과 희생으로 만들어진 것이다. 지금의 대한민국은 일제강점기 목숨을 건 독립군의 노고로, 지금의 풍요로움은 부모님들의 땀으로, 지금의 자유는 수많은 민주 열사의 피로 만들어진 것. 물건, 서비스, 환경, 제도 어느 하나 그냥 만들어진 것은 없다. 감사하고 감사합니다.

필사와 다짐 년 월 일

144일

오늘의 글

네가 가지고 있는 것들에 감사하는 법을 배울 때까지 네가 원하는 것을 얻지 못할 것이다.

– 존코랠릭

이해하기

두 가지 유형의 사람이 있다. 한 사람은 늘 감사한 마음을 가지고 있다. 좋은 일이 일어나든 나쁜 일이 일어나든 늘 감사의 마음을 가지고 있다. 다른 사람은 늘 불평하는 마음을 가지고 있다. 좋은 일도 시큰둥하고 나쁜 일에는 아주 거칠어진다. 신이 있다면 두 사람 중 누구에게 복을 줄 것 인가? 너무도 자명하다. 감사하고 감사합니다.

필사와 다짐

년 월 일

145일

오늘의 글

병원 신세를 지고 있다. 아파보니 소중한 가치들이 비로서 보인다. 건강, 가족, 친구…

– 법산

이해하기

2013년 7월 15일 교통사고로 3개월 병원 신세를 졌다. 처음 한 달은 누워 있고, 둘째 달은 휠체어, 셋째 달은 목발을 짚었다. 사지 멀쩡히 걸어 다닐 수 있음은 엄청난 축복이었다. 대소변을 받아 주는 사람은 아내였다. 말동무해주던 사람은 친구였다. 정말 소중하고 감사한 가치를 늘 가지고 있었다. 오늘도 감사하고 감사합니다.

필사와 다짐

년 월 일

146일

오늘의 글

인간은 자기 존재도 모르면서 무대에서 한바탕 연극을 하고 떠나가는 존재다.

– 셰익스피어

이해하기

인간 내면의 최고 통찰자 셰익스피어. 아내를 질투 살해하는 비극을 다룬 "오셀로", 딸들의 충성을 시험하다 비극을 맞는 "리어왕", 권력 욕망으로 비극을 초래하는 "맥베스", 복수 과정에서 사랑의 비극을 그린 "햄릿". 인생이 한바탕의 연극임을 4대 비극에서 잘 표현했다. 인간은 결코 대단한 존재가 아니다. 가볍게 살자. 오늘도 감사합니다.

필사와 다짐

년 월 일

147일

오늘의 글

평화로운 사람이 있으면 그 사람 곁으로 가고 싶어한다. 자신도 평화로움을 느끼고 싶기 때문이다.

– 강두진

이해하기

늘 넉넉하고 여유롭고 평화로운 사람이 있다. 그 사람과 함께 있으면 나도 넉넉해지고 여유로워지고 평화로워진다. 교감이 일어나기 때문. 인간은 매 순간 에너지를 뿜고 에너지를 받는 존재. 주변 환경에 민감하게 반응하는 존재다. 평화로운 사람과 가까이 지내자. 내가 평화로운 사람이 되어 평화로움을 뿜어내자. 오늘도 편안합니다. 감사합니다.

필사와 다짐

년 월 일

148 일

오늘의 글

저는 인생에 두 갈래 길이 있다고 생각합니다. 죽거나 멋있게 살거나.

– 류웨이

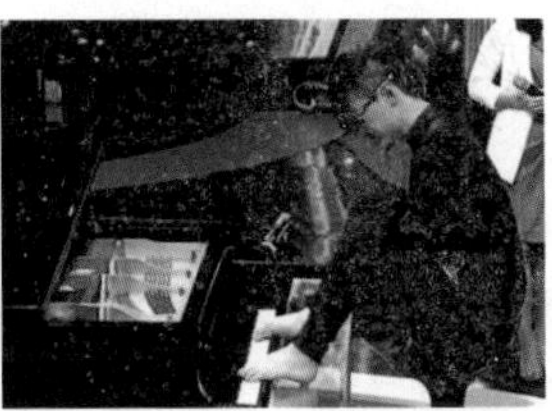

이해하기

중국의 장애인 피아니스트. 10살 때 고전압선에 감전돼 두 팔을 잃었다. 이후 수영에 매진해 전국 장애인 수영대회에서 2관왕. 2008년 베이징 올림픽을 앞두고 악성 홍반으로 수영을 못 하게 됨. 이후 피아노에 매진하여 오디션 프로그램에서 우승. 현재 발가락 피아니스트로 많은 사람에게 희망을 주고 있다. 그는 말한다. "죽거나 아니면 멋지게 살거나." 감사하고 감사합니다.

필사와 다짐

년 월 일

149 일

오늘의 글

사람은 누구나 얻는 것을 좋아하고 잃는 것을 싫어한다. 그러나 잃지 않으면 얻을 수 없는 것이 있다.

– 허우잉

이해하기

새옹지마(塞翁之馬, 변방 늙은이의 말). 중국 변방에 한 노인이 훌륭한 말을 잃어버렸다. 주변 사람들은 안타까워하는데 노인은 태연했다. 얼마 후 그 말이 짝을 데리고 왔다. 주변이 기뻐하는데 노인은 여전히 태연. 얼마 후 아들이 그 말을 타다 다리가 부러졌다. 노인은 여전히 태연. 얼마 후 전쟁이 나 멀쩡한 사내들은 모두 징집되어 대부분 죽었다. 인생사 새옹지마. 오늘도 태연합니다. 감사합니다.

필사와 다짐

년 월 일

150 일

오늘의 글

한 번도 패배한 적이 없다고 이야기하는 사람이 있다. 한 번도 싸워본 적이 없는 사람이다.

– 코엘뇨

이해하기

복싱의 신 알리도 62번 싸워 5번 패했다. 천하무적 타이슨도 58번 싸워 6패 했다. 역사상 가장 위대한 선수 천하무적이라 불린 사람들도 여러 번 패배를 경험한다. 한 번도 실패해 본 적이 없다고 하는 사람은 한 번도 도전하지 않았거나, 제대로 도전해 본 적이 없는 사람. 패배와 실패는 자연스러운 성장의 과정이다. 오늘도 가볍게 도전한다. 감사합니다.

필사와 다짐

년 월 일

151 일

오늘의 글

그 사람의 말을 들으면 그 사람이 보인다. 현재가 앉아 있은데 과거가 보이고 미래가 떠오른다.

– 조정민

이해하기

한 사람이 내뱉는 말은 아주 고유하다. 쓰는 단어, 문장, 음높이, 악센트, 조사 등 어느 하나 같은 사람이 없다. 문밖에서 말소리를 들으면 그 사람이 누군지 알 수 있는 이유. 말은 한 사람의 과거를 고스란히 담고 있다. 지금 내뱉는 말이 모여 그 사람의 미래를 만든다. 말은 적게 하는 것이 좋다. 부정적인 말은 절대 하면 안 된다. 오늘도 긍정이다. 감사합니다.

필사와 다짐

년　　월　　일

152일

오늘의 글

사람이 수행으로 크게 어질면 자식도 재물도 걸림이 없어 세상사 거침이 없다.

– 사명대사

이해하기

임진왜란 당시 승병을 이끌던 사명당. 조명연합군 대표로 일본군 진영에서 가토 기요마사를 만난다. 가토가 "조선의 보배는 무엇이오?" 묻자, 사명당 왈 "지금 우리 조선의 최고 보배는 당신의 머리요." 이 거침없는 대답은 일본에도 널리 퍼져 전후 처리 대표로 일본에 갔을 때, 포로 4천여 명을 데려올 수 있던 힘이었다고 한다. 수행자의 담대함이다. 집착이 없으니 거침이 없다. 감사합니다.

필사와 다짐

년 월 일

153일

오늘의 글

긍정이란 '모든 일이 잘될 거야.'가 아니라 어떤 일이 일어나도 그 상황을 수용하고 해결책을 찾는 것이다.

– 야마나카

이해하기

긍정은 맹목적 기대감이 아니다. 긍정적인 사람은 어떤 상황이 닥치더라도 그 상태를 있는 그대로 수용하고, 그 바탕 위에 보다 나은 해결책을 찾으려 노력하는 사람. 이와 반대로 부정적인 사람은 상황을 수용하지 못하고 아무런 해결 노력을 하지 않는다. 누가 성장 · 발전하겠는가? 긍정의 마음이 중요한 이유다. 오늘도 긍정이다. 감사합니다.

필사와 다짐

년 월 일

154일

오늘의 글

자신의 과거와 경쟁하라. 자신과의 경쟁은 적을 만들지 않고 나아가는 방식이다.

– 구본형

이해하기

자본주의 핵심 가치는 경쟁이다. 상대와의 경쟁을 통해 자본의 소유를 극대화하는 시스템. 상대와의 경쟁은 힘들다. 이기기 위해 많은 노력을 해야 하고, 설사 이겼다 해도 또 다른 경쟁을 해야 한다. 그 과정에서 수많은 적을 만든다. 관점 전환이 필요하다. 상대가 아닌 자신과의 경쟁으로, 어제의 나와 경쟁한다. 오늘도 감사합니다.

필사와 다짐

년 월 일

155일

오늘의 글

이해하다(Understand). 아래에(under) 선다(stand). 낮게 서서 겸손해야 상대를 이해할 수 있다.

– 법산

이해하기

거만하게 높이 있는 사람(Upstand)은 상대를 이해할 수 없다. 고생을 많이 한 사람, 낮은 위치에서 어렵게 살아 본 사람이 동정심과 이해심이 많은 이유는 아래(under)에서 살아 봤기(stand) 때문. 내가 지금 낮고 어렵다면 많은 사람을 이해할 수 있는 위치에 있는 것. 이 또한 나쁜 일이 아니다. 오늘도 겸손이다. 감사합니다.

필사와 다짐

년 월 일

156일

오늘의 글

내 마음이 찻잔만 하면 잉크 한 방울에 까맣게 변하지만 내 마음이 저수지만 하면 잉크 한 병을 넣어도 색이 변하지 않는다. 마음 그릇을 키워야 한다.

– 이승헌

이해하기

아주 작은 일에도 시시비비를 따지는 사람이 있다. 꽤 큰일이 일어나도 여여한 사람이 있다. 마음 크기가 다르기 때문. 어떻게 마음 그릇을 키울 것인가? 이 세상에 별일, 특별한 일이 없음을 확실히 알아야 한다. 그냥 원인이 있어 결과가 있을 뿐. 이치와 지혜를 증득해야 그릇이 커진다. 오늘도 필사와 다짐을 하는 이유다. 감사합니다.

필사와 다짐

년 월 일

157 일

오늘의 글

진짜가 될 때까지 진짜인 척해라.
시작은 가짜일지언정 마지막은
진짜가 돼라.

– 오브라이언

이해하기

마음먹기에 달렸다. 이 의미는 마음을 먹는다고 다 된다는 뜻이 아니라, 되려고 하면 마음을 먹어야 한다는 뜻. 마음은 실현을 위한 필요조건이다. 해 보겠다, 돼 보겠다, 얻어 보겠다는 마음을 먹고 진짜로 이루어진 척 당당하게 꾸준히 행동하라. 진짜 이루어질 확률이 높아진다. 오늘도 당당합니다. 감사합니다.

필사와 다짐

년　　월　　일

158 일

오늘의 글

역경은 축복이었다. 가난했기에 '성냥팔이 소녀'를 쓸 수 있었고 못생겨 놀림을 받았기에 '미운 오리 새끼'를 쓸 수 있었다.

– 안데르센

이해하기

'성냥팔이 소녀' '미운 오리 새끼' '눈의 여왕' '빨간 구두' '인어공주', 덴마크의 자랑인 세계 최고의 동화 작가다. 가난하게 자랐고 정규 교육을 전혀 받지 못했다. 사람들 놀림의 트라우마로 평생 독신으로 살았다. 하지만 역경을 아름다운 동화로 꽃 피웠다. 그리고 나중에 말한다. 역경은 축복이었다고. 고맙고 감사합니다.

필사와 다짐

년 월 일

159일

오늘의 글

사람이 언제나 자신만만할 수 없다. 힘들고 헷갈리고 좌절하는 순간이 반드시 온다. 그럴 때 기댈 언덕 하나는 있어야 한다.

– 조서환

이해하기

사람인(人). 한자를 보면 막대기 두 개가 서로 기대고 있는 모습. 서로 기대며 의지하며 사는 게 사람이라는 뜻. 기댈 언덕이 있는가? 누구는 엄마이고, 누구는 자식이고, 누구는 친구이고, 누구는 형제이고, 누구는 예수님 혹은 부처님이고, 누구는 책이다. 그렇다면 나는 누구의 언덕인가? 사람은 누군가의 언덕일 때 행복해진다. 오늘도 행복합니다. 감사합니다.

필사와 다짐

년 월 일

160 일

오늘의 글

감사를 많이 할수록 행복이 커진다는 것을 알면서 그동안 감사를 소홀히 했습니다.

– 이해인

이해하기

수녀님의 솔직한 고백이 울림을 준다. 우리는 알고 있다. 공부를 해야 성적이 오르고, 부지런해야 돈을 벌고, 자주 만나야 우정이 쌓이고, 감사를 해야 행복해진다는 사실을. 그러나 알고 있는 것을 소홀히 하는 게 우리 모습이다. 오늘부터 다시 시작해 보자. 감사하고 감사합니다.

필사와 다짐

년 월 일

161 일

오늘의 글

올림픽은 핑계였을 뿐 스케이트를 계속 타고 싶었다. 메달을 떠나 스케이트를 통해 삶을 배웠고 그래서 행복했다.

– 이규혁

이해하기

부모님 모두 스케이트 선수. 이 피를 받아 어려서부터 신동 소리를 들으며 승승장구. 하지만 늘 올림픽에서 좌절, 슬럼프, 그리고 재기, 다시 좌절, 슬럼프, 재기. 이런 과정을 거치며 무려 20년 동안 국가대표 스피드 스케이팅 선수라는 대기록을 만들었다. 그리고 말한다. 행복했다고. 한 우물을 판 행복이다. 감사합니다.

필사와 다짐

년 월 일

162일

오늘의 글

러시아에서 나를 많이 신뢰해 주었다. 나를 믿어 주는 곳에서 마음 편히 운동하고 싶었다.

– 빅토르 안(현수)

이해하기

나를 믿어 주는 곳, 나의 가능성과 능력을 마음껏 펼칠 수 있는 기회를 주는 곳, 이곳이 천국이다. 안 선수는 러시아를 선택했고, 곧 이은 올림픽에서 금메달 3개 동메달 1개를 러시아에 안겼다. 이때 한국 남자는 노메달. 신뢰와 믿음이 얼마나 소중한가? 믿자. 신뢰하자. 좋은 결과는 믿음과 신뢰에서 나온다. 감사합니다.

필사와 다짐

년 월 일

163일

오늘의 글

좋은 아들을 원하면 좋은 아빠가 되고 좋은 아빠를 원하면 좋은 아들이 돼야 해. 세상을 바꾸는 단 한 가지는 나를 바꾸는 거야.

– 어린왕자

이해하기

세상을 바꾸는 단 한 가지는 나를 바꾸는 것. 내 생각, 내 마음, 내 말과 행동을 바꾸는 것. 좋은 아들을 원하면 내가 좋은 아빠가 되어야 한다. 좋은 아빠를 원하면 내가 좋은 아들이 되어야 한다. 좋은 친구를 원하면 내가 좋은 친구가 되어야 한다. 좋은 세상을 원하면 내가 좋은 사람이 되어야 한다. 내가 바뀌면 세상이 바뀐다. 오늘도 감사합니다.

필사와 다짐

년 월 일

164일

오늘의 글

"공자님. 가득한 상태를 계속 유지하는 방법은 무엇인가요?" "자로야. 달도 차면 기우는 법이다."

– 논어

이해하기

채워지면 비워지고 비워지면 채워지는 것이 자연법칙. 봄 여름이 지나면 가을 겨울이 오고, 겨울이 지나면 다시 봄이 온다. 비가 오면 날이 개고 다시 흐리고 비가 온다. 이런 순환의 흐름을 알아 기다리고 인내할 수 있어야 한다. 봄은 반드시 온다. 겨울도 반드시 온다. 현재 상황에 연연할 이유가 없다. 오늘도 감사할 뿐이다.

필사와 다짐

년 월 일

165일

오늘의 글

신문지 한 장 만큼의 햇볕이 죽지 않는 이유였다면 깨달음과 공부는 살아가는 이유였다.

– 신영복

이해하기

68년 통혁당 사건으로 20년간 복역. 감옥에서 죽지 않고 살아 있는 이유는 한 줌의 햇볕과 공부를 통한 깨달음. 시사하는 바가 크다. 삶의 동력이 무엇인가? 한 줌의 햇볕이 필요하다. 육체가 살아가는 힘이다. 공부가 필요하다. 정신이 살아가는 힘이다. 햇볕과 공부, 가장 확실한 삶의 동력이다. 나이 들수록 그렇다. 감사합니다.

필사와 다짐

년　　월　　일

166 일

오늘의 글

꽃을 좋아하는 사람은 그 꽃을 꺾지만 꽃을 사랑하는 사람은 그 꽃에 물을 준다.

– 법산

이해하기

사랑 애(愛). 원래 의미는 '아끼다' 이다. 누군가를 사랑한다는 말은 그를 아낀다는 말. 결혼 전 흔히 하는 말 "결혼하면 네 손에 물 한 방울 묻지 않게 해줄게." 상대를 함부로 대하지 않고 내 몸같이 아끼는 것이 사랑이다. 그래서 함부로 꺾지 않는다. 물을 줄 뿐이다. 사랑하자. 감사합니다.

필사와 다짐

년 월 일

167 일

오늘의 글

인생에 중요한 것은 속도가 아니라 방향임을, 성공이 아니라 의미임을 깨달았다.

– 한홍

이해하기

나이가 들수록 깨닫는 말이다. 젊어서는 이 방향 저 방향 좌충우돌하며 살아왔다. 남들과의 경쟁에서 이기려고 무던히도 애썼다. 그런데 나이를 먹으니 방향이 얼마나 중요한지 깨닫는다. 성공보다 행복과 만족이 얼마나 중요한 의미인지 깨닫는다. 행복의 방향으로 오늘도 나아간다. 감사합니다.

필사와 다짐

년 월 일

168일

오늘의 글

얼굴과 몸은 성형 수술을 할 수 있다. 그러나 마음은 수술이 안 된다. 가꾸어야 한다.

– 황용규

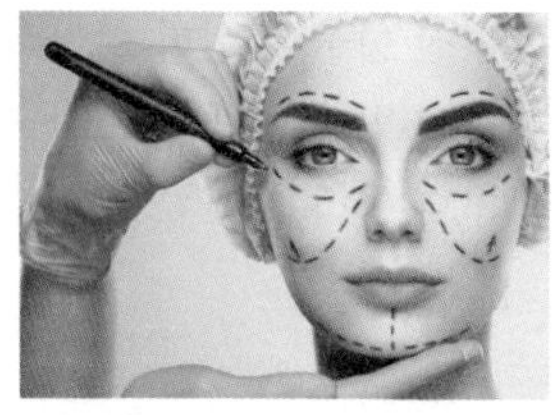

이해하기

눈에 보이고 만져지는 것은 얼마든지 수정하고 바꿀 수 있다. 하지만 눈에 보이지 않고 만져지지 않는 것은 쉽게 바꾸거나 만들 수 없다. 마음이 그렇고, 사랑이 그렇고, 우정이 그렇고, 건강이 그렇다. 정말 중요한 가치는 오랜 시간 공을 들여 가꿔야 한다. 오늘도 필사와 다짐을 하는 이유다. 감사합니다.

필사와 다짐

년 월 일

169 일

오늘의 글

주어진 삶을 열심히 살아라. 삶은 선물이다. 삶에서 사소한 것은 아무것도 없다.

– 나이팅게일

이해하기

맹구우목(盲龜遇木). 눈먼 바다 거북이가 백 년에 한 번 물 위로 올라와 숨을 쉰다. 이때 거북이가 바다 위에 떠다니는 구멍 뚫린 나무 조각에 목이 낄 확률. 이것이 인간으로 태어날 확률(잡아함경). 너무도 어렵게 얻은 소중한 삶. 한 말, 한 몸짓, 사소한 것은 아무것도 없다. 소중한 하루다. 감사합니다.

필사와 다짐

년 월 일

170 일

오늘의 글

내 생애 많은 실패를 할 수 있게 해주시고, 내가 저지른 많은 실패가 헛되지 않게 해 주십시요.

– 아인슈타인

한번도 실패해 보지 않은 사람은
한번도 새로운 것을 시도한 적이 없는 사람이다.

이해하기

20세기 최고 물리학자 아인슈타인의 기도문. 많은 실패를 하겠다는 것은 새로운 도전을 하겠다는 의미. 남들이 만들어 놓은, 찾아 놓은 길을 가는 사람에게 실패는 없다. 그런 길을 가지 않고 새로운 나만의 길을 가겠다는 의지의 기도문. 결국 그는 위대한 과학자가 되었다. 실패여 오라. 두렵지 않다. 오늘도 감사합니다.

필사와 다짐

년 월 일

171일

오늘의 글

밥 한 숟가락 목으로 넘기지 못하고 사흘 밤낮을 끙끙 앓고는 그제야 알았습니다. 밥 한 숟가락에 기대어 여태 살아왔다는 것을.

– 서정홍

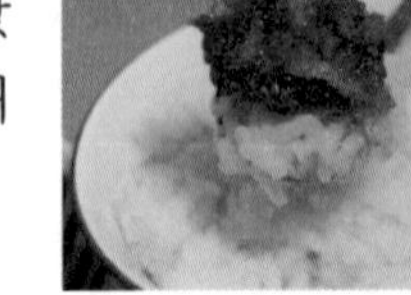

이해하기

짧은 시인데 울림이 크다. 우리의 삶이 밥 한 숟가락이었다는 자각. 아프면 입맛이 떨어진다. 많이 아프면 먹을 수 없다. 먹지 못하면 죽는 것. 한 공기의 밥을 맛있게 먹을 수 있다는 것은 건강히 살아 있다는 증명. 아파봐야 건강의 고마움을 느낄 수 있다. 밥 한 공기를 다 먹을 수 있는 오늘, 감사하고 감사합니다.

필사와 다짐

년 월 일

172 일

오늘의 글

인간이 가장 행복하다고 느끼는 순간은 사랑하는 사람들과 밥 먹을 때다.

- 서인국

이해하기

인간의 자율신경은 교감신경과 부교감신경으로 나뉜다. 교감신경은 흥분 상태를, 부교감신경은 안정 상태를 유지하려 한다. 현대인은 흥분 과잉상태. 안정을 위해 부교감신경을 활성화해야 하는데, 대표적 방법이 음식을 먹는 것. 그래서 음식중독, 비만이 사회적 문제다. 혼자 먹지 말고 사랑하는 가족, 친구와 같이 먹자. 오늘도 감사합니다.

필사와 다짐

년 월 일

173일

오늘의 글

3종류의 사람. 실패할 수밖에 없는 사람. 성공할 수밖에 없는 사람. 성공의 길로 가는 사람.

– 법산

이해하기

결정 인자는 생각, 말, 행동이다. 부정적 생각, 부정적 말, 부정적 행동이 주류면 실패할 수밖에 없는 사람. 긍정적 생각, 긍정적 말, 긍정적 행동이 주류면 성공할 수밖에 없는 사람. 부정에서 긍정으로 변화하고 있다면 성공의 길로 가는 사람. 부단한 연습뿐이다. 오늘도 나는 긍정을 연습한다. 감사하고 감사합니다.

필사와 다짐

년 월 일

174 일

오늘의 글

필사즉생 필생즉사(必死卽生 必生卽死).
죽으려고 하면 살 것이요 살려고 하면 죽을 것이다.

– 이순신

이해하기

명량해전 전날 장군이 군사들에게 한 준엄한 일성. 전투에 임하는 마음 자세이다. 준비는 끝났고 다른 길은 없다. 지금 우리가 해야 할 일은 죽는다는 각오로 최선을 다하는 것뿐. 그러면 이기고 살수도 있을 것. 계획하고 준비한 일을 행동으로 옮길 때의 마음 자세다. 최선을 다해야 한다. 오늘도 최선을 다한다. 감사합니다.

필사와 다짐

년 월 일

175일

오늘의 글

나이 들며 깨닫게 되었다. 이미 나에게 많은 것이 있다는 것을. 단지 그걸 깨닫지 못하고 긴 세월을 보냈다는 것을.

– 제이곱슨

이해하기

우리의 대표적 어리석음은 잃어 봐야 그것의 소중함을 깨닫는다는 점. 평소에 내 곁에 있는 가족, 친구, 건강, 일, 일상이 얼마나 소중한 것임을 자각하는 것은 큰 깨달음이다. 나는 이미 정말 소중한 많은 것들을 가지고 있다. 감사하고 감사할 뿐이다.

필사와 다짐

년 월 일

176일

오늘의 글

어떻게 죽을 것인가를 생각하는 인간은 어떻게 살 것인가를 안다. 죽음이 삶을 결정하고 삶이 죽음을 평가한다.

– 공지영

이해하기

"메멘토 모리(Memento Mori)" 죽음을 기억하라. 로마 시대 전투에서 이긴 개선장군에게 외쳤던 말로, 승리에 취하지 말고 언제든지 죽을 수 있음을 기억하라. 매일 아침 거울을 보며 언제든지 죽을 수 있음을 자각한다. 그럼 오늘을 함부로 보낼 수 없다. 죽음을 생각할수록 삶은 깊어진다. 메멘토 모리. 오늘도 감사할 뿐이다.

필사와 다짐

년 월 일

177 일

오늘의 글

놀이에도 격이 있다. 어떻게 노는지를 보면 그 사람을 알 수 있다.

– 아들러

이해하기

인간의 하루 활동을 3가지로 분류. 잠, 일, 놀이. 잠자고 일하지 않는 시간 이외의 모든 활동을 놀이로 규정한다. 그 시간에 무엇을 하는가? 스마트폰을 보고, 책을 보고, TV 영화를 보고, 산책을 하고, 수다를 떨고, 술을 먹고, 노래를 하고, 여행을 가고, 운동을 하고, 음악을 듣고... 당신은 어떻게 노나요? 잘 놀고 있나요? 오늘도 놀 수 있음에 감사합니다.

필사와 다짐

년 월 일

178일

오늘의 글

겸손은 사람을 머물게 하고, 칭찬은 사람을 가깝게 하고, 넓음은 사람을 따르게 하고, 깊음은 사람을 감동케 한다.

– 정약용(목민심서)

이해하기

겸손한 사람은 늘 편안하다. 칭찬과 격려는 내 편임을 느끼게 해준다. 마음이 넓은 사람은 존경스럽다. 깊고 뜨거운 마음을 가진 사람은 감동적이다. 몸은 겸손과 칭찬으로, 마음은 넓음과 깊음으로 무장해야 목민관. 지금도 변하지 않는 리더의 자세다. 감사하고 감사합니다.

필사와 다짐

년 월 일

179일

오늘의 글

매출을 어떻게 올릴 것인가에 집중하기보다, 어떻게 고객의 마음을 사로잡을 것인가에 집중하라.

– 마윈

이해하기

보통 사람들은 무엇을(what), 어떻게(how)에 집중한다. 좋아할 만한 아이템, 효능을 찾고 그것을 어떻게 효율적으로 만들어 낼 것인가에 집중. 그러나 혁신 제품을 만드는 일부 사람들은 왜(why)에 집중한다. 그 이유가 아름다울 때 사람들은 마음과 지갑을 연다. 가격, 성능도 별로 따지지 않는다. 인간관계도 마찬가지. 마음이 중요하다. 오늘도 감사합니다.

필사와 다짐

년 월 일

180 일

오늘의 글

내가 지금 가지지 못한 것에 집중하면 결핍이 되지만 이미 가지고 있는 것에 집중하면 감사함이 된다.

– 혜민

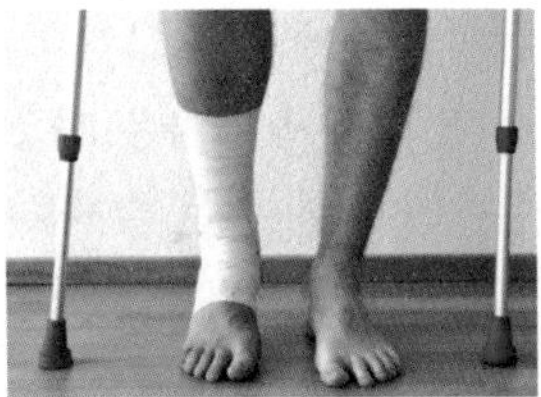

이해하기

관점이 중요하다. 무엇을 보고 가치를 부여할 것인가. 부러진 다리를 보고 한탄할 것인가. 멀쩡한 다리를 보고 감사할 것인가. 쉽지 않은 일이다. 부정적 감정이 올라올 때 알아차린다. 내가 또 부정적으로 보고 있구나. 그리고 긍정의 관점으로 돌려야 한다. 이것이 수행이고 행복 연습이다. 오늘도 연습이다. 감사합니다.

필사와 다짐

년 월 일

181일

오늘의 글

돈이 노력에 대한 보상으로 보이기 쉽다. 나에게 돌아온 가장 큰 보상은 일 자체가 주는 즐거움이었다.

– 에디슨

이해하기

일 자체가 주는 즐거움을 느낀 적 있는가? 이런 즐거움은 그 일을 좋아할 때 생긴다. 좋다 싫다는 생각이 아니라 마음의 반응. 마음은 바꾸기 어렵다. 그러나 계속 외치고 반복하면 바꿀 수 있다. 좋다 좋다를 계속 외치며 반복하면 익숙해지고, 익숙해지면 성과가 나고, 성과가 나면 좋아진다. 오늘도 "좋다"를 외친다. 감사합니다.

필사와 다짐

년 월 일

182 일

오늘의 글

복을 받고자 한다면 무엇보다 쉬운 사람이 되어야 한다. 누구나 다가오기 편한 사람이어야 한다.

– 이승헌

이해하기

복을 많이 받으려면 복을 많이 지어야 한다. 쉬운 사람, 편한 사람에게 사람들은 부탁한다. 도움을 청한다. 복을 많이 지을 수 있으니 복을 많이 받을 수 있다. 그러나 이때 불평불만을 가지고 억지로 도와주면, 힘만 들고 복도 날아간다. 기쁜 마음이 중요하다. 오늘도 기쁘게 감사합니다.

필사와 다짐

년 월 일

183일

오늘의 글

자신과 가장 가까운 것이 몸이다. 내 몸을 제대로 느끼는 것이 명상이고 힐링이다.

– 이어령

이해하기

우리 몸은 아주 정직하고 민감하다. 하지만 바쁜 일상에 치이면서 몸에 대한 감각과 반응이 무뎌진다. 예민함을 잃는다. 이 예민함을 회복하는 일이 명상. 편안히 앉아 숨은 잘 쉬고 있는지, 몸의 각 부위는 편안한지 느껴 보자. 나와 가장 가까운 내 몸을 느껴 보자. 이것이 힐링이다. 오늘도 편안합니다. 감사합니다.

필사와 다짐

년 월 일

184일

오늘의 글

겨울 후에 봄, 밤 이후 아침. 따뜻하고 밝은 날은 춥고 어두운 날을 통해 온다.

– 법산

이해하기

봄 이후에 겨울이 오지 않는다. 봄은 겨울 이후에 온다. 겨울이 봄과 여름을 잉태하고, 여름은 가을과 겨울을 잉태한다. 거스를 수 없는 자연법칙. 지금 춥고 어둡다고 실망할 이유가 없다. 잘 견디어 내면 새싹이 돋고, 새가 울고, 꽃이 피는 봄은 반드시 온다. 힘을 내 견뎌보자. 과정일 뿐이다. 오늘도 감사하고 감사합니다.

필사와 다짐

년 월 일

185일

오늘의 글

살 수 있는데 사는 것은 천복이요. 죽을 수 있는데 죽는 것도 천복이다(可以生而生天福也 可以死而死天福也).

– 열자

이해하기

이어지는 말. 살 수 있는데 살지 못하는 것은 천벌이요. 죽을 수 있는데 죽지 않는 것도 천벌이다(可以生而不生天罰也 可以死而不死天罰也). 살아 있을 땐 신나게 살고, 죽어야 할 땐 기꺼이 죽는 것이 천복이다. 그런데 거꾸로 살고 있으니 천벌을 받아 괴로울 뿐이다. 순리대로 살자. 오늘도 감사합니다.

필사와 다짐

년 월 일

186일

오늘의 글

세상에서 가장 따뜻한 옷이 사람이래요.
추운 날 누군가를 안으면 몸과 마음 모두 따뜻해지잖아요.

– 무명

이해하기

우리는 누군가의 옷이다. 아내의 옷이고, 어머니 아버지의 옷이고, 아들 딸의 옷이다. 친구의 옷이고, 동료의 옷이고, 동포의 옷이고, 인류의 옷이다. 누군가의 옷을 입고 누군가의 옷이 되어 살아가는 존재. 오늘도 나는 누군가의 따뜻한 옷이다. 감사하고 감사합니다.

필사와 다짐

년 월 일

187 일

오늘의 글

긴 호흡으로 보면 좋은 게 좋은 것이 아니고 나쁜 게 나쁜 것이 아니다. 삶은 동그라미 길을 돌아가는 것.

– 박노해

삶은 긴 호흡이다
나무처럼 머물러라
뿌리처럼 착실하라

이해하기

박노해(박해받는 노동자의 해방)라는 필명으로 노동자의 삶을 대변한 시인이며 노동운동가. 정말 치열한 삶을 살아온 사람이다. 그동안의 삶을 반추하며 한 말이 삶은 돌고 돈다는 것. 좋은 것과 나쁜 것이 없다는 것. 그러니 좌절할 일도 교만할 일도 없다는 것. 돌고 도는 삶, 오늘도 가볍게 살자. 감사합니다.

필사와 다짐

년 월 일

188 일

오늘의 글

"왜 그렇게 위험하고 힘들 길을 갑니까?"
"가면 안 됩니까? 가다가 힘들어 도저히 안 되면 돌아오면 되잖아요."

– 이유조

이해하기

담백한 대답이다. 내가 가는 길이 위험하고 힘들 것이라 느끼는 건 당신입니다. 나는 이런 일을 좋아해요. 그리고 최선을 다해 노력해 보고 안 되면 툭툭 털고 다시 돌아오면 됩니다. 극한 도전을 즐기는 사람들의 마음. 인간의 능력은 이렇게 커진다. "해보고 안 되면 돌아오면 되잖아." 오늘도 가볍게 시작한다. 감사합니다.

필사와 다짐

년 월 일

189 일

오늘의 글

16년간 추적 검사 결과, 감사가 습관화된 사람은 그렇지 않은 사람보다 수입이 2만5천불 많았고 수명도 9년 더 길었다.

– 에먼스

이해하기

왜 그럴까? 큰 부자는 하늘이 낸다. 인명은 재천이다. 일은 사람이 하고, 뜻은 하늘이 이룬다. 이런 하늘의 기준이 뭘까? 늘 감사하는 사람과 늘 불평하는 사람이 있다. 하늘이 보기에 누가 예뻐 보일까? 누구에게 복을 주고 싶을까? 자명하다. 부자가 되고 오래 살려면 늘 감사해야 한다. 오늘도 감사하고 감사합니다.

필사와 다짐

년 월 일

190일

오늘의 글

행복의 비밀은 자신이 좋아하는 일을 하는 것이 아니라 자신이 하는 일을 좋아하는 것이다.

– 괴테

이해하기

자신이 하는 일을 좋아하는 것. 좋아하게 만드는 것. 이것이 수행이고 연습이다. 뱀을 보면 놀라고 혐오한다. 그런데 매일 뱀을 보고 용기를 내어 만져도 보고 익숙해지면 마음이 예전과 같을까? 변할 것이다. 좋다, 좋다, 계속 연습하고 세뇌하면 좋아진다. 오늘도 필사와 다짐을 하는 이유다. 감사하고 감사합니다.

필사와 다짐

년 월 일

191 일

오늘의 글

물질의 노예가 아닌 나눌 줄 알고, 자제할 줄 알고, 만족할 줄 알고, 손을 잡아 줄 심성을 회복해야 한다. 이것이 풍요로운 삶의 길이다.

– 법정

이해하기

물질적 풍요와 정신적 풍요 2가지가 있다. 풍요로움은 이 두 가지의 합이고 총량은 정해져 있다고 한다. 물질적 풍요에 치우치면 정신적 풍요가 적어지고, 정신적 풍요가 크면 물질적 풍요가 적어진다. 그런데 물질은 내 뜻대로 얻기 쉽지 않지만, 정신은 내 뜻대로 키울 수 있다. 오늘도 필사와 다짐을 하는 이유다. 감사합니다.

필사와 다짐

년 월 일

192일

오늘의 글

항상 무엇이 부족하다고 말한다. 생각해보라. 돈과 사람과 자원이 충분한 시기가 도대체 있었는가?

– 이라쿠니

지금이 아주 좋은 때입니다.

힘든 시기,
그러나 우리에게 주어진 좋은 시간

이해하기

생각해보자. 경제가 문제 아닌 적이 있었는가? 참 살기 좋은 세상이라고 말한 시절이 있었는가? 현재에 비추어 과거를 돌이키면, 그때가 좋았지 할 뿐. 늘 현재는 부족하고 힘들다. 이런 현재가 가장 좋은 시간임을 아는 것을 "지혜"라고 한다. 오늘이 가장 좋은 날이다. 감사합니다.

필사와 다짐

년 월 일

193일

오늘의 글

열정이 있어야 재능을 꽃피울 수 있다.

– 법산

이해하기

'열정(passion)' 이란 어떤 일에 애정을 가지고 열중하는 마음. 애정을 가지고 있어야 오래 할 수 있다. 열중해야 빠른 학습이 가능하다. 어떤 일에 애정을 가지고 열중한다면 그 사람의 실력은 일취월장할 것이다. 이때 사람들은 말한다. "오! 재능 있네." 오늘도 열정이다. 감사합니다.

필사와 다짐

년 월 일

194 일

오늘의 글

이뤄 놓은 것을 당연히 여기지 마라. 그간의 발전이 영구적인 것이라 믿으면 모두 무너질 것이다.

– 리콴유

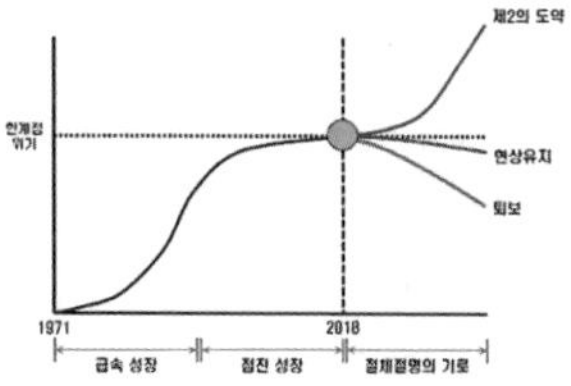

이해하기

성장하지 않으면 결국 퇴보한다. 왜냐하면 이 세상은 수많은 상대가 있고, 그들은 빠르게 움직이고 있기 때문. 반에서 1등을 당연히 여기고 공부하지 않는다면 조만간 그 자리를 잃을 것이다. 계속 1등을 하려면 노력해야 한다. 세상에 공짜로 이루어지는 일은 없다. 오늘도 노력이다. 감사합니다.

필사와 다짐

년　　월　　일

195일

오늘의 글

파랑새를 찾아 숲속에도 가보고 휘황찬란한 궁전에도 가 보았다. 실망하여 집에 돌아오니 추녀 끝에 파랑새가 있었다.

– 이정하

이해하기

멕시코 어부와 미국인 사업가 이야기. "좀 더 열심히 일해서 돈을 많이 버세요." "왜요?" "백만장자가 돼야지요." "그다음은요?" "빨리 은퇴해야지요." "그다음은요?" "한적한 시골로 내려와 늦잠도 자고, 애들이랑 놀고, 어슬렁거리다 포도주 한잔 마시며, 친구들이랑 기타 치며 놀면 되죠." "그렇게 살고 있는데요." 일상과 오늘이 행복이다. 감사합니다.

필사와 다짐

년 월 일

196 일

오늘의 글

모든 사랑하는 사람들은 죽는다. 그러나 무덤이 아닌 내 기억 속에 묻혔으니 내가 죽지 않는 한 계속 살아 있는 것이다.

– 카잔차키스

이해하기

'그리스인 조르바' 를 쓴 그리스 대문호의 말씀. 2014년 4월 세월호가 침몰해 304명 사망. 대부분 꽃 같은 아이들이었다. 아직도 그 모습이 기억에 선명히 살아 있다. 아이들이 아직 살아 있는 것. 보다 안전하고 정의로운 나라를 만들어야 한다. 아이들을 기억하고 오늘을 살아가는 이유다. 미안합니다. 감사합니다.

필사와 다짐

년 월 일

197 일

오늘의 글

나는 아무것도 바라지 않는다. 나는 아무것도 두려워하지 않는다. 나는 자유다.

– 카잔차키스

이해하기

카잔차키스의 묘비명. 자유의 정의를 멋지게 표현했다. 무언가 바라는 게 있으면 껄떡거리고 눈치를 보고 종노릇을 해야 한다. 무언가 두려운 게 있으면 걱정하고 초조하고 불안하다. 나는 바라는 것, 두려운 것이 없다. 고로 나는 자유다. 오늘도 자유를 향한 한 걸음을 딛는다. 감사합니다.

필사와 다짐

년 월 일

198일

오늘의 글

3종류의 사람이 있다. 보려는 사람, 보여주면 보는 사람, 보여줘도 안 보는 사람.

– 다빈치

이해하기

"사람마다 종지 크기가 다르다" 부처님이 말씀하신다. 종지 크기만큼 지혜와 복을 채울 수 있다. 그런데 하늘에서 지혜와 복 비가 아무리 내려도 종지에 빗물이 안 채워지는 사람이 있다. 종지를 거꾸로 들고 있는 사람. 보여줘도 안 보는 사람이다. 최소한 보여주면 보는 사람은 되자. 절대 고집하지 말자. 감사합니다.

필사와 다짐

년 월 일

199일

오늘의 글

사랑을 소유욕과 혼동하지 마라. 우리는 사랑 때문에 괴로워하는 것이 아니라 소유욕 때문에 괴로워하는 것이다.

– 생텍쥐베리

이해하기

소유욕은 사랑과 비슷한 말이 아니라 반대말이다. 꽃을 사랑하는 사람은 물을 주고 보살핀다. 소유하려는 사람은 꽃을 꺾는다. 누군가 무엇인가를 진짜 사랑하는 사람은 소유하려 하지 않는다. 꺾으려 하지 않는다. 보살피고 아끼고 가꿀 뿐이다. 소유가 아닌 사랑을 하자. 오늘도 사랑이다. 감사합니다.

필사와 다짐

년 월 일

200 일

오늘의 글

적은 밖에 있는 것이 아니라 내 안에 있었다. 나는 나를 극복하는 순간 칭기즈칸이 되었다.

– 칭기즈칸

이해하기

절에 부처님을 모신 곳이 대웅전(大雄殿). 대웅은 큰 영웅이란 뜻. 불가에서 영웅이란 내가 나를 이긴 사람을 말한다. 진정한 적은 밖에 있는 것이 아니라 내 마음. 내 마음을 정복하는 순간 나는 칭기즈칸이 되었다. 내 마음 닦는 길이 영웅의 길이다. 오늘도 필사와 다짐을 하는 이유다. 감사합니다.

필사와 다짐

년 월 일

201 일

오늘의 글

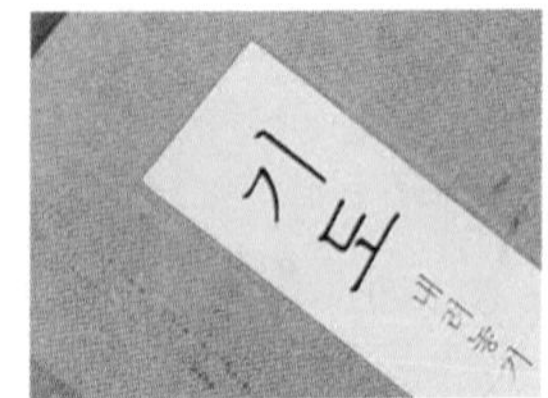

화나고 짜증나고 미워하고 원망하는 이 모든 것은 상대가 잘못해서 생긴 괴로움이 아니라 내가 옳다는 자기 생각이 만든 것이다.

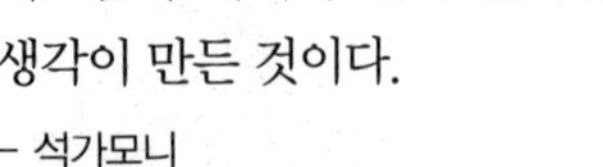

– 석가모니

이해하기

화난다, 짜증 난다, 밉다, 원망스럽다, 모두 마음의 부정적 감정이다. 문제가 있는 상대가 있고, 그 상대로 인해 이런 감정이 일어났다고 착각한다. 사실은 내가 옳다는 고집이 만들어 낸 나의 반응일 뿐. 내가 옳다를 내려놓으면 이 부정적 괴로움은 사라진다. 상대가 아닌 내 문제. 오늘도 고집하지 않겠습니다. 감사합니다.

필사와 다짐

년 월 일

202 일

오늘의 글

어리석은 사람은 자기가 현명하다고 생각하고 현명한 사람은 자기가 어리석다는 것을 안다.

– 셰익스피어

이해하기

“너 자신을 알라.” 서양철학의 아버지 소크라테스가 사람들에게 늘 던진 외침. 과연 나는 나를 알고 있는가? 내 꼬락서니 카르마 마음 작용이 어떤지 정말 알고 있는가? 남은 나를 잘 아는데 정작 나는 나를 모른다. 상대는 잘 보는데 나는 잘 못 본다. 이게 가장 큰 어리석음이다. 나 자신을 알아야 한다. 오늘도 잘 살피겠습니다. 감사합니다.

필사와 다짐

년 월 일

203일

오늘의 글

다른 사람을 흉내 내서는 행복해질 수 없다. 자신을 유일한 존재로 만들어 주는 자신만의 가치를 찾는 데 더 많은 시간을 써야 한다.

– 법산

당신은
이 세상에서 단 하나뿐인
유일한 존재이다.

이해하기

정확히 말하면 흉내, 모방으로는 행복을 유지할 수 없다. 어느 순간 깨닫는다. 내가 아니라는 것을. 이때만큼 공허하고 후회스러운 일은 없다. 이 세상 누구와도 같지 않은 나는 유일한 존재요, 존엄한 존재다. 나만의 가치를 찾고 만족하는 것이 행복을 유지하는 길이다. 오늘도 행복합니다. 감사합니다.

필사와 다짐

년 월 일

204 일

오늘의 글

재능을 신봉하는 자가 받는 선물은 필패이고 노력을 신봉하는 자가 받는 선물은 필승이다.

– 조정래

이해하기

대한민국 대표 작가가 후배들에게 한 조언. "결코 재능을 믿지 마라. 지금까지 내가 보면 재능을 믿는 자는 끝이 안 좋다. 하지만 끊임없이 노력하는 자는 반드시 성공하더라. 남들이 나를 아주 성공한 작가라고 말하지만, 나는 노력하는 작가일 뿐이다." 재능보다 노력이다. 오늘도 노력이다. 감사합니다.

필사와 다짐

년 월 일

205일

오늘의 글

우리는 언제나 다른 사람보다 더 행복해지기를 바라기 때문에 행복해질 수 없는 것이다.

– 몽테스키

이해하기

행복은 남과의 비교가 아니다. 자기 만족감이다. 내가 농사를 짓든, 막노동을 하든, 장사를 하든, 사업을 하든, 돈이 적든, 위치가 낮든, 건강이 안 좋든, 애인이 없든, 자식이 없든, 부모가 없든 상관없이 내 마음이 느끼는 만족감과 편안함이 행복이다. 비교는 행복의 반대말이다. 오늘도 이대로 행복합니다. 감사합니다.

필사와 다짐

년 월 일

206 일

오늘의 글

지혜로운 자는 세상에 자기를 잘 맞추고, 어리석은 자는 세상을 자기에 맞추려 한다.

– 신영복

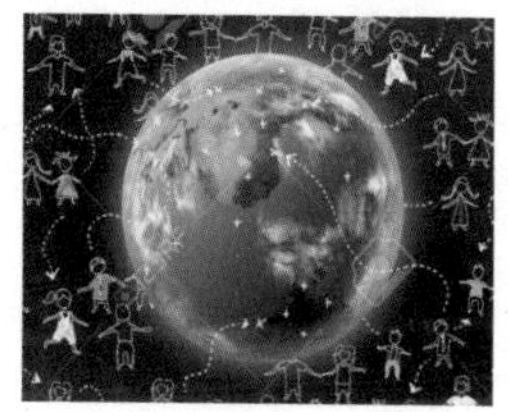

이해하기

세상이란 무엇인가? 내 뜻대로 바꿀 수 있는 것인가? 역사상 세상을 바꾼 사람이 있는가? 알렉산더, 칭기즈칸, 세종대왕, 뉴턴, 아인슈타인, 스티브 잡스, 이들이 세상을 바꾸었는가? 인간의 삶을 조금 바꾸었는가? 지구 역사 45억 년에서 호모사피엔스 30만 년이 의미가 있을까? 0.06%. 그냥 행복하게 살다 가자. 오늘도 감사히 살 뿐이다.

필사와 다짐

년 월 일

207일

오늘의 글

인생은 속도보다 방향이 중요하다. 방향을 잘 정해 꾸준히 가면 반드시 성취할 수 있다.

– 법산

이해하기

항해술의 핵심은 배가 얼마나 빠르고 튼튼한 게 아니라 방향을 잘 잡는 것이다. 방향을 잘 잡으려면 목표가 있어야 한다. 분명한 목표를 정하고, 이에 도달하기 위한 경로를 계획하고, 예기치 못한 변화에 대응하며, 꾸준히 가면 목표지에 도달할 수 있다. 자명한 사실이다. 오늘도 꾸준히 간다. 감사합니다.

필사와 다짐

년 월 일

208일

오늘의 글

매사 감사하는 사람은 마음이 밝다. 마음이 밝으면 운명이 열린다. 감사의 마음은 행운을 부르는 비결이다.

– 이나모리

이해하기

일본 경영의 신이 말한다. 인간의 자질 중 가장 중요한 것이 마음자세라고. 마음이 얼마나 선하고 긍정적이고 감사하는가에 따라 그 사람의 운명이 결정된다. 아무리 재능이 좋고 열정이 커도 마음가짐이 바르지 않으면 세상을 어지럽힐 뿐. 오늘도 마음을 챙긴다. 매사 감사할 뿐이다.

필사와 다짐

년 월 일

209 일

오늘의 글

타고난 승부사로 불렸던 나지만 멀찍이 떨어져 보니 인생에서 승패란 그리 중요한 것 같지 않다. 정말 중요한 건 최선을 다해 내 갈 길을 가는 것이다.

– 조훈현

이해하기

한국 바둑계의 역사. 최다 타이틀(157회), 세계 최다승(1953승) 기록 보유자이며, 이창호 9단의 스승. 바둑계에서 승리의 화신이다. 이런 그가 회고한다. 정말 중요한 건 승패가 아니라, 최선을 다해 내 갈 길을 가는 것이라고. 오늘도 최선을 다해 내 갈 길을 갈 뿐이다. 감사합니다.

필사와 다짐

년 월 일

210일

오늘의 글

아이가 산만하고 비상식적이면 그건 부모가 그렇기 때문. 가난한 부모는 돈이 없는 부모가 아니라 물려줄 정신세계가 없는 부모다.

– 조훈현

이해하기

정신 스포츠계의 대부 조훈현 9단. 정신을 어떻게 고도화시킬 수 있는지 아는 사람이다. 처음엔 따라 배우기. 그다음은 내가 서서 나의 길 가기. 처음 따라 배우는 과정이 매우 중요하다. 이게 부모의 역할. 내 생각, 말, 행동이 모두 자식에게 물려진다. 내가 바로 서야 자식이 바로 선다. 오늘 나부터 바로 선다. 감사합니다.

필사와 다짐

년 월 일

211일

오늘의 글

이 세상에서 가장 먼 거리가 어딘지 아나? 바로 내 머리에서 가슴까지라네.

– 김수환 추기경

이해하기

추기경님은 가슴, 즉 마음을 늘 강조하셨다. 머리로 아는 것은 별로 중요치 않고 세상에 도움도 되지 않는다. 가슴으로 아는 것, 마음으로 느끼는 것이 중요하다. 왜냐하면 그때 사랑이 발현되기 때문. 행동은 머리가 아닌 가슴에서 나온다. 마음을 단련시키는 일이 중요한 이유다. 오늘도 필사와 다짐을 한다. 감사합니다.

필사와 다짐 년 월 일

212일

오늘의 글

나폴레옹 왈 "내가 진정 행복했던 날은 채 일주일도 되지 않는다."
헬렌켈러 왈 "행복하지 않았던 날은 단 하루도 없었다."

– 법산

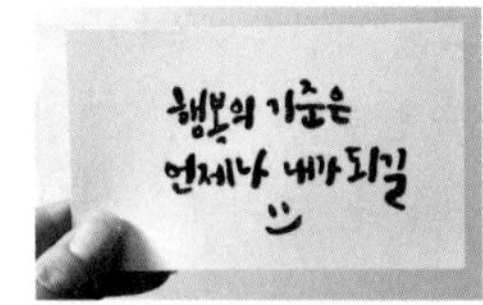

이해하기

많은 시사점을 준다. 외적 환경으로 보면 한 명은 황제요, 한 명은 심각한 장애인이다. 한 명은 무소불위의 권력과 부를 가진 사람이고, 한 명은 자기 몸도 가누기 힘든 사람. 행복이 무엇이길래 황제는 불행했다 하고, 헬렌은 행복했다 할까? 행복은 조건이 아니라 마음이다. 누구나 행복할 수 있다. 오늘도 행복합니다. 감사합니다.

필사와 다짐

년 월 일

213일

오늘의 글

좋은 시절은 우리의 적이다. 우리를 잠들게 한다. 역경은 우리의 친구다. 우리를 깨어나게 한다.

– 달라이라마

이해하기

좋은 시절은 오래가지 못한다. 왜냐하면 나태해지고 부패하기 때문. 그래서 위기를 맞는다. 역사를 보면 늘 그렇다. 위기가 오면 깨어난다. 정신을 차리고 노력해서 새로운 나라를 만든다. 좋다고 좋다 할 수 없고, 나쁘다고 나쁘다 할 수 없다. 지금 나쁘다면 정신을 차리고 다시 시작하면 반드시 새로워진다. 오늘도 새로운 날이다. 감사합니다.

필사와 다짐

년 월 일

214 일

오늘의 글

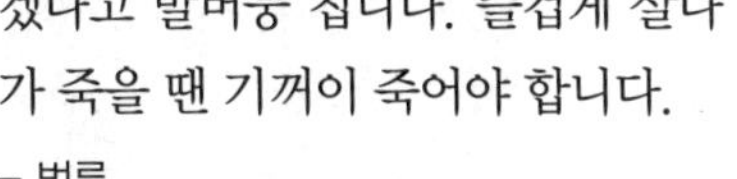

살 때는 죽겠다고 하고 죽을 때는 살겠다고 발버둥 칩니다. 즐겁게 살다가 죽을 땐 기꺼이 죽어야 합니다.

– 법륜

이해하기

"전도몽상" 반야심경에 나오는 문구로, 앞뒤가 뒤집혀 꿈같은 삶을 사는 중생을 말한다. 사람의 편리를 위해 만든 것이 돈인데, 거꾸로 돈의 노예로 산다. 사람 몸을 보호해주는 게 옷인데, 사람이 옷을 보호한다. 사람을 지켜주는 것이 집인데, 사람이 집을 지킨다. 거꾸로 살고 있다. 살 때 즐겁게 살고 죽을 때 기꺼이 죽는다. 오늘도 즐겁게 산다. 감사합니다.

필사와 다짐

년　　월　　일

215일

오늘의 글

주님. 오래 일할 수 있게 해 주세요. 조금이라도 다른 사람에게 도움과 기쁨을 줄 수 있을 때까지만 살게 해 주세요.·

– 김형석

이해하기

102세 크리스천 철학자의 기도문. 여전히 책을 쓰시고 강연을 하신다. 이분을 볼 때마다 인간의 한계가 어딘지 경외감이 든다. 저런 기도문으로 사시기에 한계가 없는 것 같다. 내가 주님이라도 저런 마음을 가진 사람은 세상에 오래 남겨 놓을 것이다. 감사하고 감사합니다.

필사와 다짐

년 월 일

216 일

오늘의 글

스스로 할 수 없다는 생각은 망하는 근본이고, 스스로 할 수 있다는 생각은 흥하는 근본이다.

– 안중근

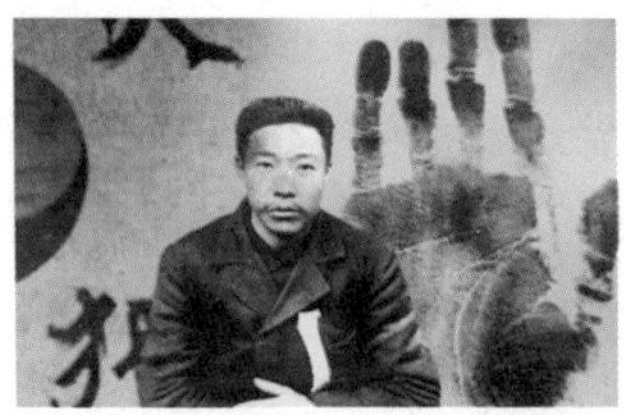

이해하기

스스로 할 수 없다 생각하고 일할 경우 반드시 실패한다. 스스로 할 수 있다 생각하고 일할 경우 반드시 성공하지는 않는다. 하지만 성공한 사람은 반드시 스스로 할 수 있다고 생각한 사람이다. 할 수 있다는 생각은 성공의 필수 마음이다. 나는 할 수 있다. 나는 흥할 수 있다. 오늘도 내가 주인입니다. 감사합니다.

필사와 다짐

년 월 일

217일

오늘의 글

아침에 일어나고 밥 먹고 일하고 사람들 만나 이야기 나누는 평범한 일상이 하나님의 축복이고 은혜다.

– 정제호

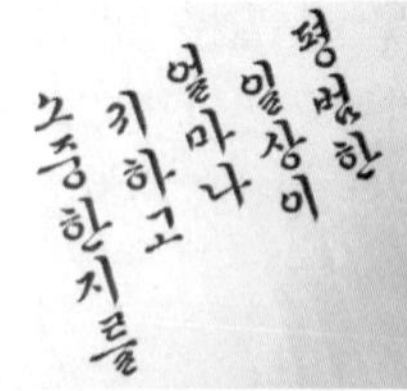

이해하기

하나님, 부처님의 축복과 은혜가 무엇인가? 건강히 아침에 눈을 뜨고, 내 손으로 밥을 먹고, 직장에서 열심히 일해 밥벌이하고, 저녁에 친구, 가족과 즐거운 수다를 떨 수 있는 평범한 일상이 축복이고 은혜다. 건강히 온전히 살아 있음이 기적이다. 감사하고 감사할 뿐이다.

필사와 다짐

년 월 일

218일

오늘의 글

진동수의 차이가 시간이 지나면서 같아지는 동조 현상이 있다. 아이는 부모, 학생은 교사, 직원은 사장의 에너지에 동조된다.

– 법산

이해하기

동조(conformity) 현상은 자연스러움이다. 큰 에너지파의 영향을 작은 에너지파가 받는다. 큰 에너지를 가진 부모, 교사, 사장, 지도자의 말과 행동이 작은 에너지를 가진 아이, 학생, 직원, 추종자에게 영향을 미친다. 내가 밝고 긍정적이면 주변도 동조되어 밝고 유쾌해진다. 나의 말과 행동이 주변을 바꾼다. 오늘도 내가 주인이다. 감사합니다.

필사와 다짐

년 월 일

219 일

오늘의 글

인간이 이 세상의 주인인 것 같지만 큰 착각이다. 이 세상의 주인은 하늘, 땅, 자연이다. 우리는 잠시 다녀가는 손님일 뿐.

– 이승헌

이해하기

태양 없이 인간은 존재할 수 없다. 공기 없이 4분을 살 수 없고, 물 없이 4일을 살 수 없고, 음식 없이 40일을 살 수 없다. 인간은 자연에 의지하며 살아야 하는 존재. 그런데 어리석어 존재의 기반인 자연을 함부로 대하고 있다. 과보를 받을 것이다. 어리석음을 반성하고 참회합니다. 그리고 깊이 감사합니다.

필사와 다짐

년　　월　　일

220일

오늘의 글

이 정도면 됐다고 생각하는 순간 선수의 생명은 끝난다. 마음이 몸을 지배한다. 자만과 방심이 최대 적이다.

– 이승엽

이해하기

"국민타자" 대한민국을 대표하는 최고의 타자. 1995년 데뷔부터 은퇴까지 22년간 슬럼프가 없었다. 그래서 기대를 저버리지 않은 믿음의 타자로 불린다. 최고의 타자를 22년간 유지할 수 있었던 비결은 마음 챙김. 자만과 방심을 늘 경계한 것. 마음이 몸을 지배한다. 오늘도 마음을 잘 챙기겠습니다. 감사합니다.

필사와 다짐

년 월 일

221 일

오늘의 글

여보시게~ 불편하게 겨우겨우 살아가는 게 가장 잘 사는 것이네.

– 권정생

이해하기

강아지똥, 몽실언니의 동화작가. 평생을 조그마한 흙담집에서 개 한 마리와 극빈의 삶을 사셨다. 인세로 모은 22억 원 모두 아이들을 위해 써 달라고 기부. "외딴집에 혼자 있으니 울고 싶을 때 실컷 울 수 있고, 많이 아플 때 마음대로 아플 수 있어 좋습니다. 자유롭다는 것 하나만으로 저는 행복합니다. 창문만 열면 산과 들이 보이는 내 집이 있다는 것. 과분하지요." 천사 같은 분이다. 감사합니다.

필사와 다짐

년　　월　　일

222 일

오늘의 글

닭의 모가지를 비틀어도
새벽은 온다.

– 김영삼

닭의 모가지를 비틀어도
새벽은 온다
김영삼 1927~2015

이해하기

옛날에 아침 일을 하기 싫은 하인이 가만히 보니, 닭이 울면 아침이 온다는 것을 알고 전날 밤 닭 모가지를 비틀어 죽였다. 그런데 다음날도 아침이 왔고 주인에게 엄청 혼나고 일은 더 많이 하게 되었다. 자연의 순리를 모르는 어리석음을 경계하는 속담. 오늘도 순리대로 나에게 주어진 일을 열심히 하겠습니다. 감사합니다.

필사와 다짐

년 월 일

223일

오늘의 글

수영을 배울 때 몸에 힘을 빼야 물에 잘 뜨고 멀리 갈 수 있다. 모든 운동, 악기, 사람과의 관계도 이와 같다.

– 법산

이해하기

모든 운동, 악기를 배울 때 실력의 척도는 얼마만큼 힘이 빠졌는가에 있다. 힘이 빠질수록 고수. 인간관계도 마찬가지다. 힘을 빼야 가볍게 오래 사귈 수 있다. 이때 힘은 집착, 기대하는 마음. 가까운 사람일수록 이 힘을 빼야 원수가 되지 않고 좋은 관계를 오래 유지할 수 있다. 힘을 빼야 한다. 집착을 놓아야 한다. 오늘도 가볍게 시작합니다. 감사합니다.

필사와 다짐

년 월 일

224 일

오늘의 글

10년 안에 현존하는 기업의 40%는 사라질 것이다. 사라지는 기업 1순위는 지금 가장 성공한 기업. 그들은 변화하려 하지 않기 때문이다.

– 존 체임버스

이해하기

개인은 어떠할까? 10년 후 나의 모습은 어떠할까? 여전히 건재할까? 시들할까? 사라졌을까? 결과는 변화하려는 노력에 달려 있다. 개인에게 변화는 활동력이다. 삶 자체가 변화이기에 열심히 활동하는 것이 변화에 동참하는 것. 오늘을 열심히 살면 미래를 걱정할 필요가 없다. 오늘이 미래다. 감사합니다.

필사와 다짐

년 월 일

225일

오늘의 글

지금 행복하세요. 내일이 아니라 나중이 아니라 지금 바로 이 순간 행복하세요. 지금, 이 순간 만족하는 것이 행복입니다.

– 법륜

이해하기

불가에서 행복은 기분이 싸하고 흥분된 상태를 말하지 않는다. 괴롭지 않은 상태. 즉 기분이 다운되어 우울한 상태도 아니고, 기분이 업되어 흥분된 상태도 아니다. 평온한 상태, 즉 만족으로 여여한 상태를 행복이라 한다. 오늘도 여여히 살아 보자. 감사합니다.

필사와 다짐

년 월 일

226일

오늘의 글

Happiness의 어원은 Happen이다.
행복은 획득, 쟁취하는 것이 아닌 자연스럽게 발생, 생성되는 것이다.
– 차동엽

Happiness Happens

이해하기

행복은 돈, 명예, 지위같이 획득, 쟁취하는 것이 아니라, 자연스럽게 생기는(Happen) 마음의 느낌이다. 따뜻하고 평온한 느낌, 이 긍정적 느낌은 카르마(습관)에서 만들어지기에 부단히 연습해야 한다. 연습 중 가장 강력한 것이 "감사합니다". 감사를 입에 달고 살아야 한다. 오늘도 감사하고 감사합니다.

필사와 다짐

년 월 일

227일

오늘의 글

수많은 복서들이 펀치가 세서 승리를 거두기도 하지만 대부분의 승리는 맷집으로 이긴다.

– 류승완

이해하기

부당거래, 베를린, 베테랑 등을 만든 한국 최고의 액션 영화감독. 고구마 장사를 같이했던 동생 류승범도 본인 영화에서 데뷔시켰다. 싸움을 잘 아는 사람이다. 그가 말하는 승리의 비법은 맷집. 고난과 고통을 버티는 힘을 가진 사람이 결국 승리한다. 오늘도 잘 버텨 보자. 감사합니다.

필사와 다짐

년 월 일

228 일

오늘의 글

나의 경쟁력은 돈, 지위, 능력, 외모가 아닌 행복력이다. 나는 어떤 환경에서도 행복할 수 있다. 이것이 나의 경쟁력이다.

– 법산

이해하기

남과 차별화시킬 수 있는 능력을 경쟁력이라 한다. 경쟁력을 위해 공부하고, 돈을 벌고, 얼굴도 고치고, 때론 아부도 떤다. 그런데 이 분야는 경쟁이 너무 심하다. 행복력은 내 마음공부, 수행이다. 이 분야는 남과의 경쟁이 없어 누구든 1등이 될 수 있다. 미래가 불확실할수록 가장 강력한 경쟁력이 될 것이다. 오늘도 행복합니다. 감사합니다.

필사와 다짐

년 월 일

229 일

오늘의 글

사람들이 생각하는 것을 싫어한다는 것이 이들을 관리하는 정부에게는 얼마나 행운인가.

– 히틀러

이해하기

데카르트는 “생각한다. 고로 존재한다.” 파스칼은 “인간은 생각하는 갈대이다.” 대철학자들이 말하는 인간의 위대함은 생각함에 있다. 생각과 사유의 힘이 지금의 인류 문명과 자유 민주주의를 발전시켰다. 잘 생각해 봐야 한다. 왜 그렇지? 사실일까? 나를 지배하려고 호시탐탐 노리는 사람들이 여전히 많은 세상. 오늘도 생각한다. 감사합니다.

필사와 다짐

년 월 일

230 일

오늘의 글

재능은 있으나 인간성이 부족하면 성공이 오래가지 못한다. 진정한 인재는 인간성이 훌륭한 사람이다.

– 나리유키

이해하기

인간성이 부족하면 성공이 오래가지 못하는 이유는? 주변에 사람이 없기 때문. 모두 떠난다. 진정한 리더의 덕목에 인간성은 근본이다. 그다음 재능을 갖춰야 많은 사람과 큰일을 도모하고 성취할 수 있다. 인간성이 좋으면 최소한 주변에 사람이 있다. 행복의 필요조건이다. 주변 분들께 감사하고 감사합니다.

필사와 다짐

년　　월　　일

231일

오늘의 글

금수저, 흙수저. 무엇으로 만들었는지 중요치 않다. 그 보다 그 수저 위에 밥과 반찬이 떨어지지 않도록 뛴 아버지를 기억하고 싶다.

– 박찬범

이해하기

훌륭한 관점이다. 왜 너는 금수저, 나는 흙수저냐. 논쟁과 싸움에서 벗어나 새로운 의미를 부여했다. 수저 논쟁에는 아버지에 대한 원망과 미움이 들어 있다. 하지만 나는 수저 위에 밥과 반찬이 떨어지지 않도록 애쓰신 아버지가 있다는 사실이 중요하다. 아버지 감사하고 감사합니다.

필사와 다짐

년 월 일

232일

오늘의 글

전문지식만 갖춘 사람은 조화롭게 성숙한 인간과 다르며 잘 훈련된 개와 비슷한 상태다.

– 아인슈타인

이해하기

산업화가 되며 인간의 모습이 분업화, 전문화, 개인화, 원자화되었다. 대량 생산을 위해서 한 사람이 한 가지 일만 잘하는 게 최대 생산성을 만들기 때문. 즉 잘 훈련된 개가 필요한 것. 아직도 이런 교육, 제도, 문화를 벗어나지 못하고 있다. 이 프레임에서 벗어나야 한다. 개가 아닌 자유로운 나비가 되어야 한다. 나는 나비입니다. 감사합니다.

필사와 다짐

년 월 일

233 일

오늘의 글

나를 있는 그대로 사랑해주는 사람을 만나는 것이 세상을 살아가며 받을 수 있는 가장 근사한 선물이다.

– 패디웰스

이해하기

돈이 없다, 직업도 없다, 외모도 별로다, 건강도 별로다, 학벌도 별로다, 집안도 별로다, 사랑할 수 있겠는가? 내가 이런 상황일 때 나를 사랑하는 사람이 한 명이라도 있겠는가? 그나마 가장 가능성 높은 사람은 엄마다. 그런데 요즘 이도 귀하다. 있는 그대로의 나를 사랑해주는 사람으로 내가 되자. 내가 나에게 선물이 되자. 감사합니다.

필사와 다짐

년　　월　　일

234일

오늘의 글

눈치 없이 자유롭게 사는 사람이
편안하고 만족스러운 삶을 산다.
하지만 주변 사람은 복장 터진다.

– 김형경

화나다 VS 화내다

이해하기

왜 주변 사람은 복장이 터지는가? 남들 눈치를 보고 자유롭지 않게 살기 때문. 내 문제인가? 상대 문제인가? 복장이 터지는 건 내 문제다. 결코 눈치 없고 자유롭게 사는 사람의 문제가 아니다. 화나고 짜증나고 복장이 터진다면 내가 고집하고 있다는 것을 알아야 한다. 그러면 문제를 풀 수 있다. 오늘도 자유롭고 편안합니다. 감사합니다.

필사와 다짐

년 월 일

235 일

오늘의 글

사람을 볼 때 심보를 본 다음 학식을 본다. 심보가 선량하지 않으면 학식과 재능이 무슨 소용 있겠는가.

– 강희제

이해하기

청나라 4대 황제. 나라의 기틀을 잡고 옹정제, 건륭제 3대 200년의 황금기를 만든 청나라 최고의 군주. 재위 기간이 무려 61년으로 중국 역사상 가장 긴 황제. 이분이 생각하는 인재의 최고 덕목은 심보다. 마음 주머니가 얼마나 크고 선량한가. 학식과 재능보다 선량한 마음이 중요하다. 감사합니다.

필사와 다짐

년 월 일

236일

오늘의 글

밥상은 단순한 음식이 아니라 내 생명을 위해 더 살고 싶던 수많은 생명체가 목숨을 바친 희생의 제사다.

– 전헌호

이해하기

모든 종교에 공통적 의식이 있다. 밥 먹기 전 감사의 기도. 이 음식이 내 앞에 이르기까지 수고하신 모든 이들의 공덕을 생각하며 감사히 먹겠습니다. 음식은 식물이든 동물이든 모두 생명체. 그 생명체들의 희생 위에 내가 살고 있다. 절대 음식을 함부로 대하면 안 된다. 재앙은 음식을 함부로 대함에서 온다. 명심하자. 오늘도 먹을 수 있음에 감사하고 감사합니다.

필사와 다짐

년 월 일

237일

오늘의 글

완벽하지 않아도 아름다울 수 있고 완벽하지 않아도 사랑의 승리자가 될 수 있음을 보여주는 수도자로 살겠습니다.

– 이해인

이해하기

정말 그렇게 살고 있는 수녀님. 아름답고 존경스럽다. 이 세상에 완벽이란 있는가? 100% 순금이 있는가? 99.99%가 있을 뿐 100%는 이 세상에 존재하지 않는다. 이 세상 어떤 것도 완벽한 것은 없다. 그래서 아름다운 것이다. 부족함이 있기에 빈 곳이 있기에 아름다운 것. 오늘도 부족하기에 아름답다. 감사합니다.

필사와 다짐

년 월 일

238일

오늘의 글

소설 "채식주의자", 낮은 평가에 9년간 2만 부가 팔렸다. 근데 지난 3일간 25만 부가 팔리며 호평가 일색으로 바뀌었다. 왜?

– 법산

이해하기

2007년 출간된 소설 "채식주의자(한강)". 독자 평가 점수 3.5로 낮음. 2010년 영화로도 제작되었으나 흥행 실패. 2016년 영국에서 최고 소설에 주는 맨부커상 수상 이후, 3일 동안 25만 부가 팔리고 평가도 아주 좋아짐. 이게 인생이다. 어찌 될지 아무도 모른다. 평가에 연연할 필요도 없다. 오늘도 나의 길을 갈 뿐이다. 감사합니다.

필사와 다짐

년 월 일

239 일

오늘의 글

우리 조금 대충 삽시다. 열심히 살자는 말 너무 무서워요. 대충 웃으면서 살고 싶어요.

– 김제동

이해하기

열심히 살자, 열심히 공부하자, 열심히 일하자, 자주 듣고 말한다. 그러나 열심히 놀자, 열심히 게임하자, 열심히 먹자, 이런 말은 하지 않는다. "열심히"는 하기 싫은 것을 억지로 할 때 쓰는 말. 그래서 무섭다. 열심히 보다 대충하자. 가볍게 하자. 우리 인생 사실 큰 의미가 없다. 오늘도 가볍고 즐겁게 살자. 감사합니다.

필사와 다짐

년 월 일

240일

오늘의 글

옳은 일을 하고 받은 형이니 비겁하게 삶을 구걸하지 말고 대의에 죽는 것이 어미에 대한 효도이다.

– 조 마리아

이해하기

안중근 의사에게 보낸 어머니의 편지. 이어지는 글 “너의 수의를 지어 보내니 이 옷을 입고 가거라. 다음에는 선량한 천부의 아들로 다시 태어나거라.” 자식의 수의를 만들며 마지막으로 당부하는 말. “비겁하게 삶을 구걸하지 마라.” 구걸하며 비겁하게 살지 말자. 오늘도 당당하게 살자. 감사합니다.

필사와 다짐

년 월 일

241 일

오늘의 글

인간이 가장 행복하다고 느끼는 순간은 사랑하는 사람과 밥 먹을 때다. 좋은 사람들과 대화하고 밥 먹는 시간을 늘리는 것이 행복의 길이다.

– 서은국

이해하기

스트레스를 받을 때 음식을 먹으면 안정이 된다. 왜냐하면 음식을 먹으면 침과 위액이 다량으로 나와 편안한 부교감 신경이 작동하기 때문. 낯선 사람을 만나면 교감신경이 작동해 긴장하지만, 친한 사람을 만나면 부교감 신경이 작동해 안정된다. 친한 사람과 밥을 먹는 것은 정신적 안정 상태를 유지하는 비법. 가족 친구와 밥 먹는 시간을 늘리자. 오늘도 감사합니다.

필사와 다짐

년 월 일

242일

오늘의 글

돼지가 살찌면 먼저 도살되듯 사람도 유명해지는 것을 두려워해야 한다.

– 이춘성

이해하기

이 세상은 파동(wave)이다. 시간에 따라 늘 변하고 올라가면 반드시 내려온다. 그리고 내려가면 다시 올라간다. 산이 높을수록 골도 깊다. 사람이 유명해진다는 것은 점점 높이 올라간다는 것. 위치가 높아져 경치가 좋지만 알아야 한다. 내려갈 길은 멀고 깊다는 것을. 평범함이 나쁘지 않은 이유다. 이대로 감사합니다.

필사와 다짐

년 월 일

243일

오늘의 글

대장부 세상에 나서 쓰이면 죽을힘을 다 할 것이요. 쓰이지 못하면 농사를 지어도 족할 것이니 권세에 아첨해 영화를 탐내는 것은 내가 부끄러워하는 바이다.

– 이순신

이해하기

이런 마음을 가졌기에 영웅이 아닌 성웅(聖雄)이라 칭한다. 조선 왕조가 500년을 지켜온 힘도 지도자들의 이런 강직하고 청렴한 선비 정신이다. 결국 망한 이유도 선비, 대장부 정신이 사라졌기 때문. 당당한 삶은 내 기준이 분명한 삶이요, 부끄러움이 없는 삶이다. 나는 대장부다. 오늘도 당당히 산다. 감사합니다.

필사와 다짐

년　　월　　일

244일

오늘의 글

의학, 법률, 경제, 기술은 삶을 유지하는 데 필요해. 하지만 시와 음악, 낭만과 사랑은 삶의 목적이야.

– 윌리엄스

이해하기

영화 '죽은 시인의 사회' 에서 키팅 선생님이 아이들에게 한 말. 명문 대학, 좋은 과를 가기 위해 맹목적 질주를 하는 아이들에게 간곡히 말한다. "카르페 디엠(Carpe diem)" 지금 이 순간을 놓치지 말라고. 두 번 다시 오지 않는 청춘의 기쁨을 놓치지 말라고. 시, 음악, 낭만, 사랑이 삶의 목적이라고. 두 번 다시 오지 않는 오늘을 만끽합니다. 감사합니다.

필사와 다짐

년 월 일

245일

오늘의 글

그래도 라는 섬이 있다
그래도 살아가는 사람들
그래도 사랑의 불을 꺼뜨리지 않는 사람들
세상에서 가장 아름다운 섬, 그래도
– 김승희

이해하기

시의 일부분. 그래도는 세상에서 가장 아름다운 섬이다. 왜냐하면 그래도 살아가는 사람들, 그래도 사랑의 불을 꺼뜨리지 않는 사람들이 살고 있기 때문. 어떤 사람들일까? 우리의 어머니, 아버지, 힘겹게 하루를 살고 있는 모든 민초들이다. 그래서가 아닌 그래도가 아름다운 이유. 고맙고 감사합니다.

필사와 다짐

년 월 일

246일

오늘의 글

좋은 일이 우연이 일어나길 기다리지 마라. 당신이 움직여 좋은 일이 일어난다면 당신은 세상의 희망인 것이다.

– 오바마

이해하기

세상에 일어나는 모든 결과는 원인이 있다. 봄에 싹이 트는 이유는 땅속에 씨앗이 있었기 때문. 당신이 움직여 행복하다면 당신은 당신의 희망이요. 당신이 움직여 가족이 행복하다면 당신은 가족의 희망이요. 당신이 움직여 세상이 조금이라도 좋아진다면 당신은 세상의 희망이다. 오늘도 움직여 희망을 만든다. 감사합니다.

필사와 다짐

년 월 일

247일

오늘의 글

인생에는 속도와 방향이 있다.
속도는 열정이 만들지만 방향은
통찰력이 만든다.

– 법산

이해하기

힘을 가하면 속도는 빨라진다. 그 힘이 열정이다. 힘보다 중요한 것이 방향. 어디로 갈 것인가? 내가 진정 원하는 것이 무엇인가? 쉽게 답을 내리기 어렵다. 그래서 면밀히 살피고 느껴야 한다. 그리고 계속 물어야 한다. 내가 진정 원하는 것이 무엇인가? 내 삶의 화두다. 이 답을 찾았을 때 통찰력을 얻었다고 한다. 오늘도 감사합니다.

필사와 다짐

년　　월　　일

248 일

오늘의 글

첨단 기술과 정보화 사회, 경영 혁신은 인간의 삶을 풍요롭게 만드는 것이 아니라 일자리를 사라지게 할 것이다.

– 제러미 리프킨

이해하기

노동, 소유, 육식의 종말 시리즈로 유명한 미래학자. 예측대로 일자리는 계속 사라지고 있다. 일자리가 사라지는 게 왜 문제인가? 노동이 사라지기 때문. 인간이 생명력을 확인, 유지하는 방법이 몸을 쓰는 노동이다. 문제는 일자리가 아니라 몸의 소외. 몸이 소외되면 마음이 병든다. 몸을 써야 한다. 오늘도 부지런히 움직인다. 감사합니다.

필사와 다짐

년 월 일

249일

오늘의 글

상황을 바꾸려면 자신이 바뀌어야 한다. 상황이 더 좋아지길 바란다면 자신이 더 나은 사람이 되어야 한다.

– 짐콘

이해하기

모든 것이 내 문제. 내가 바뀌지 않으면 아무것도 바뀌지 않는다. 그런데 문제는 바꾸기 쉽지 않다는 것. 내 생각, 말, 행동을 쉽게 바꿀 수 있는가? 쉽지 않다. 왜냐하면 너무 오랜 시간 만들어진 습관이기에. 하지만 만들어졌기에 바꿀 수 있다. 부단한 연습과 노력이 필요할 뿐이다. 오늘도 필사와 다짐을 하는 이유다. 감사합니다.

필사와 다짐

년　　월　　일

250 일

오늘의 글

깨끗하고 착한 마음을 가지고, 마음을 편안하게 유지하고, 욕심을 부리지 않으면 무병장수할 수 있다.

– 황제내경

이해하기

황제내경은 중국 고대 의학서로 인도의 아유르베다와 함께 양대 전통 의학서. 둘의 공통점은 모든 질병이 마음의 부조화, 산란함에서 생긴다는 점. 그래서 마음 수양을 최고의 양생법으로 여긴다. 늘 편안한 마음, 감사한 마음을 유지하면 무병장수할 수 있다. 오늘도 편안합니다. 감사합니다.

필사와 다짐

년 월 일

251 일

오늘의 글

어리석은 사람은 서두르고, 영리한 사람은 기다리고, 현명한 사람은 정원으로 간다.

– 타고르

이해하기

인도의 위대한 시인이자 철학자. 인도 방글라데시 국가를 작사 작곡했고 3.1운동을 보고 조선을 "동방의 등불"로 묘사해 잘 알려져 있다. 현명한 사람은 조급하거나 연연해하지 않는다. 그리고 인연이 닿아 쓰임이 있으면 기꺼이 할 뿐. 오늘도 나는 일터로 간다. 감사합니다.

필사와 다짐

년 월 일

252일

오늘의 글

바르게 사는 사람은 용기 있는 사람이다. 삶 앞에, 문제 앞에 용기 있게 선 사람이다. 지금 시대는 더욱 그렇다.

– 안셀름

이해하기

바르게 산다는 것이 무엇인가? 도와주는 삶을 사는 것이 아니라 피해 주지 않는 삶을 사는 것이다. 상대에게 피해, 손해, 상처 주지 않고 사는 것이 바른 삶이다. 이를 위해 절제하고 유혹을 뿌리쳐야 하기에 용기가 필요한 것. 물질 만능의 유혹 시대. 용기가 필요하다. 절대 남에게 피해를 주면 안 된다. 오늘도 용기를 낸다. 감사합니다.

필사와 다짐

년 월 일

253 일

오늘의 글

대한민국은 민주공화국이다. 대한민국의 주권은 국민에게 있고, 모든 권력은 국민으로부터 나온다.

– 헌법 제 1조

대한민국 헌법 제 1조

1항 대한민국은 민주공화국이다.

2항 대한민국 주권은 국민에게 있고, 모든 권력은 국민으로부터 나온다.

이해하기

헌법이란 무엇인가? 국가 공동체가 이것만큼은 꼭 지키자는 모든 구성원의 약속. 첫 번째 약속이 대한민국의 주권은 국민에게 있고, 모든 권력은 국민으로부터 나온다. 즉 내가 이 나라의 주인이다. 노예가 아니라 주인이다. 명심해야 한다. 나는 이 나라의 주인이고 내 삶의 주인이다. 감사하고 감사합니다.

필사와 다짐

년 월 일

254일

오늘의 글

내가 이러려고 대통령을 했나 자괴감이 들 정도로 괴롭기만 합니다.

– 박근혜

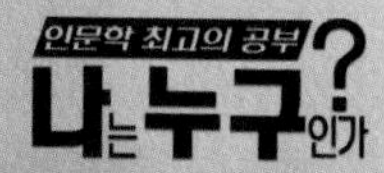

이해하기

탄핵 전 상황이다. 국민은 말한다. 내가 이런 꼴 보려고 대한민국 국민을 했나 자괴감이 듭니다. 본인은 억울하다. 자신이 무슨 잘못을 했는지 모르기 때문. 부처님은 어리석음, 무지가 괴로움의 근본이라 하셨다. 가장 큰 무지는 내가 나를 모른다는 것. 나는 누구인가? 지금의 내가 나인가? 이것을 확실히 알면 운명이 바뀐다. 오늘도 감사합니다.

필사와 다짐

년 월 일

255 일

오늘의 글

웃음소리가 나는 집엔 행복이 기웃거리고, 고함이 나는 집엔 불행이 기웃거린다. 남편의 사랑이 크면 아내의 바람이 적고, 아내의 사랑이 크면 남편의 번뇌는 적다.

– 법산

이해하기

유유상종(類類相從). 비슷한 것끼리 모인다. 왜냐하면 편안하기 때문. 웃음과 행복이 비슷하고 고함과 불행이 비슷하다. 사랑과 만족이 비슷하고 미움과 번뇌가 비슷하다. 선택이다. 웃음과 행복, 사랑과 만족을 선택하자. 고함과 불행, 미움과 번뇌는 멀리하자. 오늘도 웃자. 감사합니다.

필사와 다짐

년 월 일

256 일

오늘의 글

경제를 거덜 내는 것은 인구 폭발이지 인구 감소가 아니다. 저출산은 국민에게 재앙이 아니라 싼값에 노예 인력을 충원해야 하는 기업과 정부의 재앙이다.

– 와이즈만

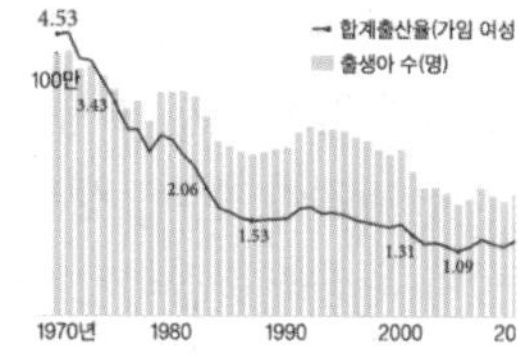

이해하기

일자리가 줄고 경쟁이 치열하면 자식을 낳지 않는 것이 자연스러움이다. 사람이 줄어야 지금의 일본같이 청년 취업 문제도 해결된다. 고도화된 경쟁 사회에서 저출산은 자연스러운 생존 현상. 그런데 기업과 정부는 입장이 다르니 걱정이 클 수밖에. 저출산 결코 나쁜 것이 아니다. 현혹되지 말고 나나 잘살자. 오늘도 감사합니다.

필사와 다짐

년 월 일

257 일

오늘의 글

자신의 운명을 바꾸고 싶은가? 그러면 평소 자신의 생각, 말, 행동을 바꿔야 한다. 생각, 말, 행동이 운명을 결정하기 때문이다.

– 이승헌

이해하기

나를 바꾸려면 믿음이 있어야 한다. 첫째, 내 생각, 말, 행동이 내 운명을 결정한다는 확실한 믿음. 둘째, 주어진 과제를 꾸준히 하면 반드시 바뀐다는 믿음. 이 믿음으로 오늘도 필사와 다짐을 한다. 나는 긍정, 감사가 넘치는 사람이 되어 내 인생의 주인이 되겠습니다. 행복을 전파하는 사람이 되겠습니다. 감사합니다.

필사와 다짐

년　　월　　일

258 일

오늘의 글

지혜로운 사람은 자신이 지혜롭지 않다는 사실을 알고 쉼 없이 배우려고 노력하는 사람이다.

– 소크라테스

이해하기

아는 것을 안다 하고 모르는 것을 모른다 하는 사람이 진정 아는 사람이다. 지혜롭지 않다는 사실을 인정하는 사람은 지혜의 길로 나갈 수 있는 사람. 나를 솔직히 인정하고 배우려는 사람에게 지혜와 성장의 문이 열린다. 덤으로 화합의 문도 열린다. 이 얼마나 유익한 길인가. 쿨하게 인정하고 오늘도 배운다. 감사합니다.

필사와 다짐

년　　월　　일

259 일

오늘의 글

어둠은 어둠을 몰아낼 수 없다. 오직 빛만이 어둠을 몰아낼 수 있다.

– 마틴 루터킹

이해하기

어두운 방을 온종일 헤매도 그 전모를 파악할 수 없다. 하지만 등불 하나를 켜면 전모가 한눈에 들어온다. 이 빛을 진리라 한다. 우리가 의지해야 할 것은 오로지 진리. 그래서 예수님도 말씀하셨다. "진리가 너희를 자유케 하리라." 우리는 오직 진리에 귀의해야 한다. 오늘도 진리에 귀의합니다. 감사합니다.

필사와 다짐

년 월 일

260일

오늘의 글

사람이든 동물이든 움직이면 살고,
움직이지 못하면 죽는다.

– 법산

이해하기

움직이지 못한다고 생각해 보자. 그 상태로 한 달이 지났다고 생각해 보자. 어떻게 되었을까? 죽었든지, 죽기 바로 직전이든지. 삶이 무엇인가? 움직임이다. 움직임이 삶이다. 건강히 자유롭게 움직일 수 있는 오늘이 얼마나 행복한 날인가. 감사하고 감사합니다.

필사와 다짐

년 월 일

261 일

오늘의 글

모든 일에는 인내가 필요하다. 계란을 품고 기다려야 닭이 생기지, 계란을 깬다고 닭이 생기지 않는다.

– 그랜소

이해하기

시간이 필요하다는 사실을 아는 게 중요하다. 겨울 땅속에 묻혀 있는 씨앗은 봄이라는 조건 환경이 갖춰져야 싹이 튼다. 모든 결과는 원인과 조건, 즉 인과 연의 합으로 만들어진다. 조건이 성숙될 때까지 기다려야 한다. 조건이 안 되면 싹이 안 날 수 있음도 알아야 한다. 현명한 방법은 씨앗을 많이 뿌리고 기다리는 것. 오늘도 정성껏 뿌릴 뿐이다. 감사합니다.

필사와 다짐

년　　월　　일

262일

오늘의 글

바보와 광신도들은 자기 확신이 지나쳐 문제이고, 똑똑한 사람은 의심이 많은 게 문제이다.

– 러셀

이해하기

확신, 믿음, 신념을 경계해야 한다. 믿음과 신념은 나에게만 적용해야지, 남에게 강요할 때 폭력이 된다. 수많은 테러와 전쟁이 이로부터 발생했고 지금도 발생하고 있다. 믿음과 신념은 내 행동의 큰 동력이다. 나를 믿고 당당히 가자. 상대가 아닌 나를 믿고 오늘도 힘차게 출발하자. 그리고 절대 강요하지 말자. 감사합니다.

필사와 다짐

년 월 일

263 일

오늘의 글

인생을 바꾸는 것도 역사를 바꾸는 것도 오늘 하루의 노력뿐이다. 사람의 인생도 국가의 역사도 결국 하루의 집합이다.

– 김영죽

이해하기

내가 살아온 하루하루가 지금의 나를 만들었듯, 앞으로 살아갈 하루하루가 나의 미래를 만든다. 역사도 민초들의 하루하루 집합이고, 그 집합이 모여 미래를 만든다. 미래를 바꾸고자 한다면 하루하루 우직하게 나의 걸음으로 가야 한다. 오늘도 내 걸음으로 간다. 감사합니다.

필사와 다짐

년 월 일

264일

오늘의 글

"할 수 없다."라고 말하는 사람은 "할 수 있다."라고 말하는 사람을 위해 일하게 된다.

– 기요사키

이해하기

자명하다. 할 수 없다고 하는 사람은 일을 벌이지 않는다. 할 수 있다고 하는 사람은 일을 벌인다. 일을 벌이지 않는 사람은 일을 벌인 사람을 위해 일하게 된다. 일을 벌이는 사람이 될 것인가? 벌어진 일을 하는 사람이 될 것인가? 선택이다. 무엇을 선택하든 기쁘게 하는 사람이 되어야 한다. 오늘도 행복합니다. 감사합니다.

필사와 다짐

년　　월　　일

265일

오늘의 글

감사할수록 감사할 일이 많아진다. 감사할수록 친절하게 되고, 그들도 나에게 더 많은 친절과 감사를 되돌려 준다. 감사는 내 안에 행운의 씨앗을 뿌리는 일이다.

– 조영탁

이해하기

감사할 일을 찾으면 찾을수록 정말 많다는 것을 발견한다. 감사할 일이 많으면 내가 축복받은 존재임을 실감한다. 내 자존감이 커진다. 자존감이 커지니 감사할 일이 더 많아진다. 선순환이다. 감사는 내 안에 행복을 만드는 일. 오늘도 감사하고 감사할 뿐이다.

필사와 다짐

년 월 일

266 일

오늘의 글

묵은 습관을 바꾸는 가장 효과적인 방법은 새로운 습관을 만드는 것이다.

– 이승헌

習 慣
익힐 습 버릇 관

습관(習慣): 어떤 행위를 오랫동안 되풀이하는 과정에서 저절로 익혀진 행동 방식.

이해하기

샘이 오염됐을 때 오염물질을 하나하나 제거하지 않는다. 깨끗한 물을 계속 넣어 주면 조금씩 정화되어 결국 깨끗하게 된다. 습관도 이와 같다. 나쁜 습관을 제거하려 하지 마라. 어려운 일이고 안 되면 자책이 든다. 대신 새로운 일을 꾸준히 행하라. 그 일이 습관이 되게 하라. 샘이 맑아지듯 나는 새로워진다. 오늘도 필사와 다짐을 하는 이유다. 감사합니다.

필사와 다짐

년 월 일

267일

오늘의 글

이제 사람의 몸을 다루는 사람은 철학자여야 한다. 지금의 병은 생각과 마음에서 일어나기 때문.

– 법산

이해하기

지금의 모든 만성질환은 못 먹어서 혹은 감염에 의해 생기는 것이 아니다. 모두 정신적 문제로 발생. 불안, 초조, 스트레스와 같은 생각과 마음의 산란함이 몸의 균형을 깨뜨리고 있다. 인간의 정신세계를 탐구하는 분야가 철학. 내 정신 건강을 지키려면 철학자가 되어야 한다. 내가 나를 알아야 한다. 오늘도 감사합니다.

필사와 다짐　　　　년　　월　　일

268 일

오늘의 글

혼자 살 수 없는 시대다. 과거에는 누구에게 의존적이라는 말이 굴욕적인 뜻이었는데, 지금은 가장 진취적인 말이 되었다.

– 고은

이해하기

어떤 생명체도 혼자 살 수 없다. 이것이 있음으로 저것이 있고, 이것이 없으면 저것도 없다. 네가 죽으면 나도 죽고, 네가 살면 나도 산다. 네가 불행하면 나도 불행하고, 네가 행복하면 나도 행복하다. 이 세상 모든 생명체의 존재 모습은 상호 연관성이다. 연기법이다. 내가 행복해야 모두 행복해진다. 내가 먼저 행복하자. 오늘도 행복합니다. 감사합니다.

필사와 다짐

년 월 일

269 일

오늘의 글

난관과 장애를 만나지 않으면 인간은 고민하지 않는다. 인간의 위대한 성취는 난관과 장애의 극복 과정에서 이루어진다.

– 승한

이해하기

데카르트가 말한 인간의 특별한 능력은 생각. 생각의 힘은 정말 크다. 우리 삶에 있는 모든 물건, 핸드폰, TV, 자동차, 우주선, 심지어 숟가락, 밥그릇까지 모두 생각의 산물이다. 인류의 모든 성취와 발전은 난관과 장애를 극복하기 위한 생각과 고민의 산물이다. 생각하라. 고민하라. 탐구하라. 오늘도 감사합니다.

필사와 다짐

년 월 일

270 일

오늘의 글

잘못된 질문을 하면 잘못된 답을 얻고,
올바른 질문을 하면 올바른 답을 얻는다.
질문의 차이가 능력의 차이다.

– 겐이치

이해하기

두 가지 유형의 사람이 있다. 대답하는 사람과 질문하는 사람. 대답하는 사람은 기존 지식을 잘 습득해 필요할 때 정확히 빠르게 내뱉는 사람. 질문하는 사람은 호기심으로 새로운 지식을 만드는 사람. 전자들이 모인 나라를 후진국, 후자들이 모인 나라를 선진국이라 한다. 질문의 차이를 논하기 전에 질문부터 하자. 나의 궁금증과 호기심을 발산하자. 질문은 창의적, 독립적, 선도적 존재의 특징이다. 감사합니다.

필사와 다짐

년 월 일

271 일

오늘의 글

행복과 불행의 차이는 단지 관점의 차이다. 인간이 불행한 이유는 자신이 행복하다는 사실을 모르기 때문. 단지 그것 뿐이다.

– 도스토옙스키

이해하기

젊은 시절 정치모임에 연루돼 사형장에서 죽을 고비를 넘기고, 4년간의 시베리아 투옥 생활. 삶에 대한 깊은 통찰로 수많은 대작을 쓴 러시아의 대문호다. 인간이 불행한 이유는 자신이 행복하다는 사실을 모르기 때문이라고. 눈을 떠야 한다. 지금 여기 내가 얼마나 행복한지 알아야 한다. 오늘도 행복합니다. 감사합니다.

필사와 다짐

년 월 일

272일

오늘의 글

좋은 것이 좋은 것이 아니라 바른 것이 좋은 것이다. 유리한 길이 아니라 바른 길을 가야 한다.

– 원경선

이해하기

좋은 것은 내 느낌이 좋은 것. 내가 좋아하는 색깔, 좋아하는 소리, 좋아하는 냄새, 촉감, 맛. 바른 것은 느낌이 아닌 이성적 판단이다. 남에게 나에게 해를 끼치지 않는 것. 남에게 나에게 이로움을 주는 것. 그래서 바른길은 나쁜 과보가 없다. 바르고도 좋은 길을 가자. 이것이 가장 현명한 길이다. 오늘도 감사합니다.

필사와 다짐

년 월 일

273 일

오늘의 글

인생은 행복한가 아닌가의 문제가 아니라, 행복하게 만들 것인가 아닌가의 문제다.

– 김미경

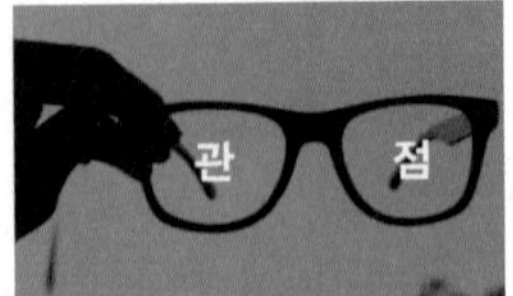

이해하기

행복은 내가 만드는 것이다. 어떻게 만들 것인가? 부처님, 도스토옙스키가 말했듯 관점을 바꿔야 한다. 모든 사물에는 양면 아니 다면이 있다. 그중 어둡고 부정적인 면을 볼 것인가? 아니면 밝고 긍정적인 면을 볼 것인가? 부러진 다리를 볼 것인가? 멀쩡한 다리를 볼 것인가? 오늘도 긍정의 관점으로 감사할 뿐이다.

필사와 다짐

년 월 일

274일

오늘의 글

파리 테러리스트. 무자비한 살인을 하고도 너무도 당당한 모습. 왜냐하면 너는 틀리고 나는 옳기 때문.

– 법산

이해하기

2015년 11월 13일 금요일 저녁, 파리 시내 6곳에서 무차별 총격 난사와 폭탄 테러 발생. 무고한 시민 127명 사망. 이슬람 원리주의자(IS)의 소행이라 공식 발표. 테러를 계획한 사람, 실행한 사람이 너무도 당당하다. 자신이 옳은 일을 했다고 믿기 때문. 그래서 신념이 무섭다. 이념과 신념이 강한 사람을 늘 경계해야 한다. 폭력은 반드시 폭력을 낳는다. 옳고 그름이 없음을 알아야 한다. 오늘도 감사할 뿐이다.

필사와 다짐

년 월 일

275일

오늘의 글

사람은 사랑받기 위해 창조 됐고, 물건은 사용하려고 만들어졌다. 세상이 혼돈에 빠진 이유는 물건이 사랑을 받고, 사람이 사용되고 있기 때문이다.

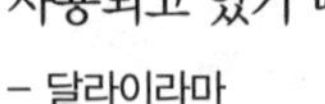

– 달라이라마

이해하기

멋진 통찰이다. 세상이 이렇게 시끄럽고 험악한 이유는 거꾸로 살기 때문. 사랑을 주고 받아야 할 대상이 사람인데 물건이 돼 버렸다. 기꺼이 나누고 사용해야 할 대상이 물건인데 사람이 돼 버렸다. 그러니 세상이 혼란스럽고 시끄럽다. 물건이 아닌 사람을 사랑하자. 감사합니다.

필사와 다짐

년 월 일

276일

오늘의 글

내게 주어진 하루만이 전 생애라고 생각하니 저만치서 행복이 웃으며 걸어 왔다.

– 이해인

이해하기

내가 1주일밖에 못 산다고 생각해 보자. 무엇을 할 것인가? 나의 경우 매일 저녁 사랑하는 사람들을 불러 맛있는 저녁을 대접하겠다. 그리고 고마웠다고 말할 것이다. 낮에는 지금까지 살아온 삶을 돌아보며 글을 쓰고, 그것을 마지막 날 자식에게 줄 것이다. 1주일 중 하루는 나의 안식처 관악산에 오를 것이다. 이것들이 나에게 가장 소중한 일이다. 이 일을 하면서 살아야 한다. 오늘 바로 시작하자. 감사합니다.

필사와 다짐

년 월 일

277일

오늘의 글

행복하게 살려면 나랑 잘 맞고, 통하고, 사랑하는 사람들과 교감하세요. 맞지 않는 사람들과 다투며 시간을 보내기엔 인생이 너무 짧습니다.

– 유시민

이해하기

생각의 관점뿐 아니라 행동의 관점도 중요하다. 어떤 사람들을 만나 시간을 보낼 것인가? 왠지 거북하고, 부담되고, 불편한 사람들과 시간을 보내는 것은 어리석은 행동이다. 잘 맞고, 통하고, 사랑스럽고, 유쾌한 사람들과 시간을 보내자. 인생은 절대 길지 않다. 오늘도 행복한 시간 만들겠습니다. 감사합니다.

필사와 다짐

년 월 일

278 일

오늘의 글

인생에서 경험한 모든 역경, 고난, 방해가 나를 정직하고 강하게 만들었다. 힘들고 어려운 일은 감사한 일이다.

– 월트 디즈니

이해하기

현대 문화사에서 가장 유명한 엔터테이너. 왜냐하면 디즈니를 모르는 사람이 지구상에 거의 없기 때문. 미키마우스를 이용해 만화 애니메이션이라는 새로운 분야를 개척한 일은 결코 쉬운 과정이 아니었다. 하지만 고난이 나를 강하게 만들었고 감사한 일이라고 말한다. 고난과 어려움은 감사한 존재. 감사하고 감사합니다.

필사와 다짐

년　　월　　일

279 일

오늘의 글

계획을 세우지 마세요. 계획대로 안 됩니다. 그냥 닥치는 대로 사세요. 행복은 적금이 아닙니다. 지금 행복해야 합니다.

– 김어준

오늘 행복하자

가장 중요한 것 하나
지금, 행복해지는 일

이해하기

행복은 적금이 아니다. 차곡차곡 모아 만기일에 받는 목돈이 아니다. 그런데 착각하고 있다. 참고 견디어 내면 받을 수 있는 것이라고. 이를 '성취감'이라 하는데 행복감의 한 종류다. 그런데 그 한순간을 위해 모든 것을 거는 것은 비효율적이다. 매일매일 행복감을 느껴야 한다. 이게 현명한 길이다. 오늘도 행복합니다. 감사합니다.

필사와 다짐

년　　월　　일

280 일

오늘의 글

암이 사람을 죽이는 게 아닙니다. 그로 인해 갖는 두려움과 절망이 사람을 죽게 만듭니다.

– 이희대

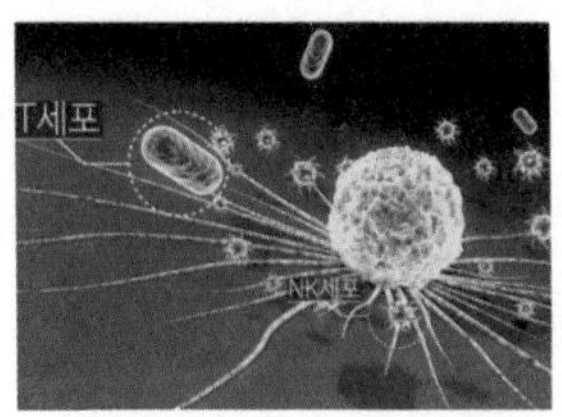

이해하기

하루에 수천에서 수만 개의 암세포가 우리 몸에서 만들어진다. 정상인의 경우 NK/T세포, 백혈구가 이런 비정상적 세포들을 제거한다. 그러나 정신 상태의 항진으로 면역체계가 손상될 경우, 암세포는 증식하고 결국 감지될 정도로 성장한다. 누구나 암세포를 가지고 있다. 이것이 발현되느냐는 나의 정신 상태에 달려 있다. 두려움과 절망이 아닌 편안함과 희망이어야 한다. 오늘도 편안합니다. 감사합니다.

필사와 다짐

년 월 일

281 일

오늘의 글

어떻게 될 거라는 예상이나 미래가 저에게는 없어요. 미래는 상상의 세계고 그게 있어야 현재가 풍부해질 뿐.

– 고은

이해하기

나에게 미래는 없다. 미래는 현재를 풍성하게 만들기 위한 상상일 뿐. 시인은 지독한 현실주의자다. 일반 사람들이 보고, 듣고, 느끼는 수준보다 훨씬 예민하게 느끼기 때문. 미래는 상상, 공상, 허상으로 여긴다. 다만 현재를 느끼고 만끽할 뿐. 오늘 이곳에 집중합니다. 감사합니다.

필사와 다짐

년 월 일

282 일

오늘의 글

돌이 있다. 걸려 넘어지면 걸림돌이고, 딛고 일어서면 디딤돌이다.

– 무명

이해하기

살다 보면 많은 돌길과 돌다리를 만난다. 많이 걸려 넘어진다. 넘어졌을 때 주저앉아 한탄, 절망하면 걸림돌이다. 하지만 툭툭 털고 일어나 다시 걸어가면 디딤돌이다. 많은 디딤돌을 밟고 올라서면 어느새 성장해 있는 나를 발견한다. 가볍게 딛고 한 발 한 발 나아가자. 오늘도 출발이다. 감사합니다.

필사와 다짐

년 월 일

283 일

오늘의 글

지나온 나의 모든 인생이 지금의 나를 있게 하고, 지금 나의 말과 행동이 차곡차곡 쌓여 미래의 나를 만든다.

– 법산

#
오늘이 곧 미래다.
TODAY IS THE FUTURE

이해하기

지금의 내 모습을 보자. 지금까지 살아온 말과 행동이 차곡차곡 쌓인 결과물이다. 미래가 어떻게 될지 걱정할 필요가 없다. 오늘 내가 한 말과 행동이 차곡차곡 쌓여 만들어질 것이기 때문. 밝은 미래를 원한다면 오늘 밝게 살아야 한다. 행복한 미래를 원한다면 오늘 행복하게 살아야 한다. 오늘이 미래다. 행복합니다. 감사합니다.

필사와 다짐

년 월 일

284 일

오늘의 글

강하지 않으면 살아갈 수 없고, 마음이 따뜻하지 않으면 살아갈 자격이 없다. 강함과 따뜻함은 선택이 아니라 필수품이다.

– 챈들러

이해하기

강함은 상대를 이기는 것이 아니라 나를 이기는 것이다. 따뜻함은 나를 위한 것이 아니라 상대를 위한 것이다. 나에게는 강함으로 상대에게는 따뜻함으로 사는 것이 참다운 삶이요, 대장부의 삶이다. 절대 거꾸로 살면 안 된다. 오늘도 따뜻하게 살겠습니다. 감사합니다.

필사와 다짐

년 월 일

285 일

오늘의 글

시련이 다가오면 용감한 자는 더욱 강해지고, 현명한 자는 더욱 지혜로워지며, 약한 자는 쉽게 포기하고, 어리석은 자는 남을 탓한다.

– 데니스 홍

이해하기

시련이 닥치면 사람들의 본 모습이 나타난다. 냉정하게 평정심을 유지하며 해결책을 모색하는 사람. 당황하여 어쩔 줄 몰라 허둥대는 사람. 체념하고 포기하여 바닥에 주저앉는 사람. 마음의 차이다. 강한 마음은 하루아침에 만들어지지 않는다. 꾸준한 연습과 훈련의 결과. 오늘도 필사와 다짐을 하는 이유다. 감사합니다.

필사와 다짐

년 월 일

286 일

오늘의 글

상대가 화를 낸다고 나도 화를 내는 사람은 두 번 패배한 사람이다. 상대에게 끌려드니 상대에 진 것이고, 자기 분을 못 이기니 자신에게 진 것이다.

– 석가모니

이해하기

상대의 말에 내가 화를 냈다면 나는 그 사람의 종노릇을 한 것이다. 그 사람 말에 좌지우지됐으니. 내 마음에 화가 올라오면 알아차리자. 내가 또 종노릇을 하려 하는구나. 그 사람은 그냥 말한 건데 내가 난리를 치는구나. 절대 화를 내면 안 된다. 절대 종노릇을 하면 안 된다. 내 인생의 주인은 바로 나이기 때문이다. 감사합니다.

필사와 다짐

년 월 일

287 일

오늘의 글

세상은 강자와 약자, 승자와 패자로 구분되지 않는다. 다만 배우려는 자와 배우지 않으려는 자로 나뉠 뿐이다.

– 벤자민 바버

배움 속에 길이있다

배움을 소홀히 하는 자는 과거를 상실하고 미래도 없다

이해하기

겉으로는 강자와 약자, 승자와 패자로 구분되지만 이는 결과일 뿐. 실제 상층과 하층은 배운 자와 배우지 못한 자로 구분된다. 과정으로 말하면 배우려는 자와 배우지 않으려는 자. 지식과 지혜를 독점한 자를 상층이라 하고 그렇지 못한 자를 하층이라 한다. 상층이 되려면 배워야 한다. 행복하려면 배워야 한다. 오늘도 배우겠습니다. 감사합니다.

필사와 다짐

년 월 일

288 일

오늘의 글

도토리가 토끼 머리에 떨어졌다. 놀란 토끼가 달아나자 모든 동물들이 달아난다. 결국 사자도 따라 달아났다.

– 비유경

이해하기

부처님이 인간의 어리석음을 비유하신 경전에 있는 이야기. 토끼는 근심이 많다. 하늘이 무너지고 땅이 꺼지면 어떡하지? 그때 도토리 한 알이 토끼 머리에 떨어진다. 깜짝 놀란 토끼는 도망쳤고 이를 본 여우, 늑대, 사자까지 모두 도망친다. 우리들의 모습이다. 무슨 일이 일어났는지, 왜 도망가야 하는지 알아봐야 한다. 잘 살펴봐야 한다. 오늘도 잘 살피겠습니다. 감사합니다.

필사와 다짐

년 월 일

289일

오늘의 글

나답게 살지 않으면 죽을 때 반드시 후회한다. 인생은 '하느냐', '마느냐'가 전부다.

– 아키라

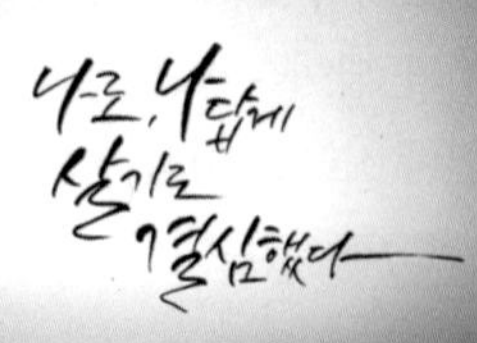

이해하기

나답게 산다. 내가 중심이 된다는 말. 상대나 환경이 중심이 아니라 내 생각과 의지가 내 행동의 기준이 된다는 뜻이다. 내가 옳다고 생각하면 그냥 한다. 다른 사람들이 다 옳다 말해도 내가 그렇지 않다 생각하면 하지 않는다. 내 정체성을 가지고 하느냐, 마느냐는 내가 결정한다. 오늘도 나의 길을 간다. 감사합니다.

필사와 다짐

년 월 일

290 일

오늘의 글

기뻐하라. 그러면 사람들이 너를 찾을 것이다. 슬퍼하라. 그러면 사람들이 너를 떠날 것이다.

– 엘라 윌콕스

이해하기

'고독(Solitude)' 이라는 시의 일부분. 이어지는 글이다. "사람들은 너의 충만한 기쁨을 원하지만, 너의 고뇌는 필요로 하지 않는다. 환희로 가득 찬 술잔은 아무도 거절하지 않지만, 한탄하며 마시는 쓴 술은 너 홀로 마시게 될 것이다." 인간의 모습이다. 선택은 자명하다. 기뻐하라. 웃어라. 행복해라. 그리고 늘 감사해라.

필사와 다짐

년 월 일

291 일

오늘의 글

행복하기 위해 준비할 것은 없어요.
그냥 지금 행복하면 됩니다.

– 법산

이해하기

행복은 마음 작용이다. "이대로 충분해." "만족해." "괴로울 일이 아니네." 어떤 상황에서도 이렇게 한마음 돌릴 수 있다면 행복하게 된다. 쉽지는 않다. 계속 불안, 초조, 부정적 마음이 들기 때문. 그래서 연습이다. 세뇌를 시켜야 한다. "아무 문제 없습니다. "지금 이대로 편안합니다." "고맙고 감사합니다."

필사와 다짐

년 월 일

292 일

오늘의 글

마음이 설레는 일을 하고 싶다. 자유롭게 떳떳하게 살고 싶다. 인생의 마지막 여정까지 철이 덜 난 그대로 걸어가고 싶다.

– 유시민

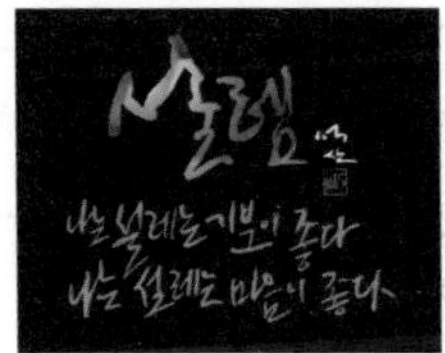

이해하기

마음이 설렌다. 마음이 들떠 두근거린다는 뜻. 마음이 들떠 심장이 두근거린 경우가 언제인가? 사랑하는 사람을 만났을 때, 합격자를 발표할 때, 소풍 가는 전날 밤, 첫 키스할 때, 공통점은 뭔가 새로운 일을 할 때다. 설렘을 유지하려면 새로운 도전을 해야 한다. 그러면 늘 청춘이다. 오늘도 새로운 날입니다. 감사합니다.

필사와 다짐

년　　월　　일

293일

오늘의 글

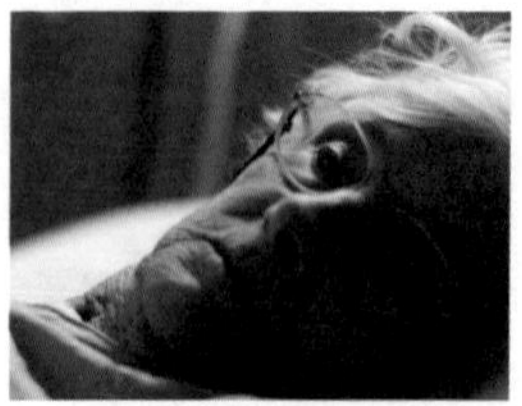

비난과 실패가 두렵다면 아무 일도 안 하면 된다. 근데 사람들은 실패해서 후회하는 것이 아니라 행동하기에 실패해서 후회한다.

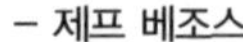

– 제프 베조스

이해하기

영국 가디언지에 실린 죽을 때 가장 후회하는 5가지. 1) 내가 원하는 삶이 아닌 다른 사람이 원하는 삶을 산 것. 2) 일을 너무 많이 한 것. 3) 내 감정을 솔직히 표현하지 않은 것. 4) 친구들과 연락이 끊긴 것. 5) 좀 더 많은 일에 도전하지 않은 것. 나를 표현하고 교류하고 도전하지 않은 것이다. 후회 없는 오늘을 살자. 감사합니다.

필사와 다짐

년 월 일

294일

오늘의 글

곰팡이가 있어 어둡고 지저분한 것이 아니라, 어둡고 지저분해서 곰팡이가 생긴 것이다.

– 라브라바

이해하기

원인이 있어 결과가 있는 것. 곰팡이는 원인이 아니라 결과다. 곰팡이가 싫다면 곰팡이가 아닌 그 원인을 제거해야 한다. 끔찍한 사건 사고 뒤에는 반드시 원인이 있다. 결과를 단죄해 봐야 똑같은 일이 계속 일어난다. 원인을 찾아 해결함을 지혜롭다고 한다. 오늘도 지혜롭게 살겠습니다. 감사합니다.

필사와 다짐

년　　월　　일

295일

오늘의 글

행복을 찾는 일은 쉽지 않다. 그러나 그것을 포기하는 것은 인간의 삶이 아니다.

– 스피노자

이해하기

인생의 목표는 행복이다. 그런데 공짜로 남이 주는 것이 아니라 내 노력으로 만드는 것. 매일매일 마음다짐(기도)을 하고 알아차림을 유지해 긍정과 감사의 습관을 만들어야 한다. 이것이 인생의 과제다. 왜냐하면 행복을 포기하면 인간의 삶이 아니기 때문. 오늘도 행복합니다. 감사합니다.

필사와 다짐

년 월 일

296 일

오늘의 글

좋아하는 데 이유가 없는 사람이 좋다. 좋아하는 이유가 있는 사람은 그 이유가 없어지면 떠나 버리기 때문이다.

– 황지연

이해하기

딱히 이유 없이 그냥 좋다. 이 말은 생각이 아니라 마음이 그렇다는 것. 좋아하는 이유가 있다는 것은 생각으로 손익을 따져 나에게 이익이 된다는 뜻. 이익이 안 될 때 떠나는 것은 당연하다. 만나면 그냥 좋은 사람이 있다. 친구라고 한다. 정말 소중한 마음의 자산이니 아끼고 아껴야 한다. 감사하고 감사합니다.

필사와 다짐

년 월 일

297일

오늘의 글

장애란 걸려 넘어졌을 때 장애일 뿐 뛰어넘으면 능력이 된다.

– 법산

이해하기

중국에 입과 발로 그림을 그리는 구족(口足)화가 황궈푸가 있다(그림 참조). 4살 때 감전 사고로 두 팔을 잃고, 12살부터 발로 그림을 그렸다. 18살부터 그림을 팔아 병든 아버지를 간호했다. 방송 인터뷰에서 말한다. “신이 내게 준 재능에 감사합니다.” 사람들은 엄청난 능력자라고 말한다. 장애는 능력의 기회다. 감사합니다.

필사와 다짐

년 월 일

298일

오늘의 글

내가 틀렸다고 인정하면 권위가 훼손된다고 생각한다. 틀렸다. 내가 틀렸다고 인정할 때 사람들은 당신을 더 인정하고 따를 것이다.

– 트레이시

이해하기

내가 틀렸습니다. 잘못했습니다. 죄송합니다. 미안합니다. 이 말을 잘하는 사람은 인정받고 존경받는다. 왜냐하면 하기 어려운 말이기 때문. 인간은 누구나 내가 옳다는 믿음을 가지고 있다. 짜증 나고 화가 나는 이유다. 내가 옳다는 집착을 내려놓을 때 말할 수 있다. 틀렸습니다. 잘못했습니다. 죄송합니다. 미안합니다. 그리고 감사합니다.

필사와 다짐

년 월 일

299 일

오늘의 글

나무는 가지를 쳐 줘야 튼튼히 굵게 자라고, 보리는 꾹꾹 밟아 줘야 실하게 자란다. 시련은 성장의 양식이다.

– 이나모리

이해하기

우리가 알고 있는 영웅들, 열사들, 사업가들, 귀감이 되는 모든 사람 중 아주 편안한 삶을 살아온 사람이 있는가? 단 한 명도 없다. 엄청난 시련을 뚫고 우뚝 섰기에 귀감이 되고 존경을 받는 것. 시련이 오면 내가 훌륭한 사람이 될 기회가 온 것이다. 시련아 와라. 감사합니다.

필사와 다짐

년 월 일

300 일

오늘의 글

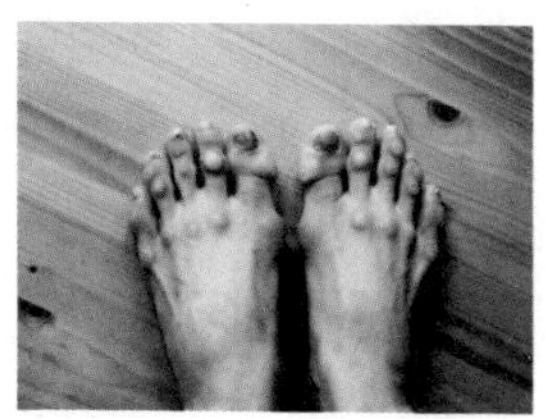

나는 내일을 믿지 않는다. 오늘 바로 이 순간이 내가 믿는 유일한 것이다. 나의 인생 목표는 오늘 하루를 열심히 사는 것이다.

– 강수진

이해하기

대한민국 대표 발레리나. 아시아 최초라는 타이틀을 거의 다 가지고 있는 동양 최고의 발레리나다. 그녀의 믿음은 오늘 바로 이 순간 최선을 다하는 것. 그녀의 발을 보면 그 믿음의 힘을 느낄 수 있다. 내일을 믿지 않는다. 나의 인생 목표는 오늘 하루를 열심히 사는 것이다. 고맙고 감사합니다.

필사와 다짐

년 월 일

301일

오늘의 글

우주의 기본 법칙 중 하나는 완벽한 것은 없다는 것이다. 불완전하기에 우리는 존재하는 것이다.

– 스티븐 호킹

이해하기

대표적 진리, "이 세상 모든 만물은 변한다." 이 말은 모든 만물은 완전하지 않다는 뜻. 끊임없이 생성, 소멸을 반복한다. 완벽을 요구하는 것은 자연법칙에 위배되는 폭력이다. 서로 연결되어 의지하며 살아가는 존재일 뿐. 절대 완벽을 요구하지 마라. 부족하고 불완전한 나와 우리가 지극히 정상이다. 감사할 뿐이다.

필사와 다짐

년 월 일

302일

오늘의 글

인생이란 폭풍이 지나가길 기다리는 것이 아니라 빗속에서 춤을 추는 것이다.

– 비비안 그린

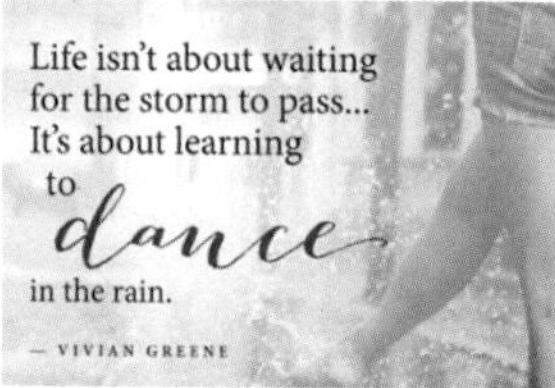

이해하기

날씨가 화창하고 따뜻하면 좋아하고, 춥고 폭풍이 치면 싫어한다. 내 뜻대로 되면 좋아하고, 내 뜻대로 안 되면 싫어한다. 하수다. 중수는 폭풍이 칠 때, 내 뜻대로 안 될 때, 조신하게 기다린다. 고수는 폭풍이 치면 춤을 추고, 추우면 스키를 타고, 내 뜻대로 안 돼도 그날을 즐긴다. 이래도 좋고 저래도 좋다. 오늘도 좋고 내일도 좋다. 오늘도 감사합니다.

필사와 다짐

년 월 일

303 일

오늘의 글

희망은 완전한 힘이다. 창조의 힘이고 어떤 절박한 상황에서도 어려움을 극복할 수 있는 힘이다.

– 이승헌

이해하기

두 가지 희망이 있다. 정신적 희망과 물질적 희망. 돈, 지위, 명예, 성공 같은 물질적 희망을 욕망이라 한다. 이는 늘 부족하고 불완전하며 어려운 상황을 극복할 힘이 없다. 행복, 자유, 사랑, 깨달음과 같은 정신적 희망이 진정한 힘이다. 정신적 희망은 절대 놓치면 안 된다. 오늘도 감사하고 감사할 뿐이다.

필사와 다짐

년 월 일

304 일

오늘의 글

사람은 생각의 산물이다. 무슨 생각을 하느냐로 존재가 결정된다.

– 간디

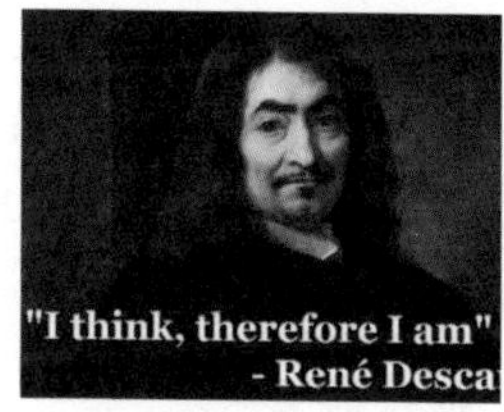
"I think, therefore I am"
- René Desca

이해하기

어떤 사람은 돈을 생각하고, 어떤 사람은 명예를 생각한다. 어떤 사람은 연인을 생각하고, 어떤 사람은 가족을 생각한다. 어떤 사람은 국가와 민족을 생각하고, 어떤 사람은 지구와 인류를 생각한다. 생각의 높이로 행동과 존재의 높이가 결정된다. 높다고 좋다 할 수 없다. 그런데 높게 한 번은 가보고 싶지 않은가? 오늘도 감사합니다.

필사와 다짐

년 월 일

305일

오늘의 글

세상 어떤 일도 결국 본인이 깨닫고 체득하지 않으면 안 되는 것처럼 서핑도 마찬가지예요. 보드에 올라타는 건 강사가 대신해 줄 수 없거든요.

– 손미나

이해하기

강사가 해줄 수 있는 것은 방법을 알려주고 시범을 보여 주는 것. 할 수 있느냐는 내가 직접 체험하고 연습해서 터득해야 한다. 부모도 마찬가지. 모범을 보여주고 보호해 줄 뿐, 세상에 우뚝 서는 일은 자식의 몫이다. 자신이 직접 서야 한다. 오늘도 연습이다. 감사합니다.

필사와 다짐

년　　월　　일

306 일

오늘의 글

집중이 큰 힘을 만든다. 집중은 버리는 데서 시작된다. 내려놓기를 잘하는 사람이 집중을 통한 위대한 일을 할 수 있다.

– 록펠러

이해하기

여기저기 산만하고 너저분하면 집중할 수 없다. 이런 일, 저런 일, 다 하려고 하면 집중할 수 없다. 이 생각, 저 생각으로 산란하면 집중할 수 없다. 환경도 정리하고, 일도 정리하고, 마음도 정리해야 집중할 수 있다. 집중해야 변화를 만들 수 있다. 오늘도 집중이다. 감사합니다.

필사와 다짐

년 월 일

307 일

오늘의 글

선장이나 운전사는 멀미하지 않는다. 갈 길을 모르고 떠 있을 때 멀미를 한다. 멀리 보지 못하고 눈앞만 볼 때 멀미를 한다.

– 이상철

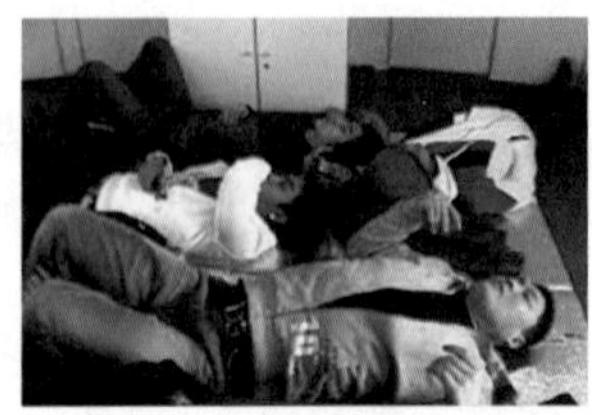

이해하기

멀미(motion sickness)는 불규칙한 움직임에 대한 신체 반응이다. 시야가 흔들리면 시각 정보를 처리하는 뇌는 과부하가 걸리고 현기증이 발생한다. 선장이나 운전자는 멀리 본다. 그래서 시야의 흔들림이 별로 없다. 흔들림이 없으려면 멀리 봐야 한다. 오늘도 멀리 보며 당당히 간다. 감사합니다.

필사와 다짐

년 월 일

308 일

오늘의 글

부정적 말을 잘 쓰는 사람이 성공한 경우를 보았는가? 말이 의식을 지배하고 행동을 결정하며 인생을 만든다.

– 윤석금

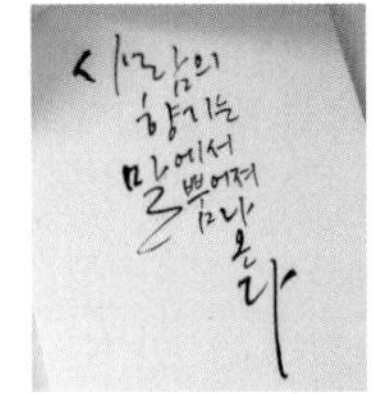

이해하기

부정적인 말, 즉 욕하고, 비방하고, 불평하고, 거짓말하는 사람이 성공한 경우를 나는 한 번도 본 적이 없다. 자신감 넘치는 말, 희망과 사랑이 가득한 말, 부드럽고 차분한 말, 존중하고 아끼는 말이 성공한 사람들의 말이다. 나는 어떤 말을 하는가? 오늘 어떤 말을 할 것인가? 부정이 아닌 긍정과 감사다. 고맙고 감사합니다.

필사와 다짐

년 월 일

309일

오늘의 글

인생은 정말 짧다. 가슴 안에 담고 있던 말이 있으면 아끼지 말고 오늘 당장 하세요. 감사합니다. 사랑합니다.

– 법산

감사합니다 사랑합니다

이해하기

죽을 때 가장 후회하는 일 중 하나가 내 감정, 내 마음을 솔직히 표현하지 못한 것. 정말 고마운 사람인데 감사하다고 말하지 못했다. 정말 좋아하는 사람인데 사랑한다고 말하지 못했다. 가만히 살펴보자. 고맙고 좋아하는 사람이 얼마나 많은가. 아끼지 말고 팍팍 하자. 사랑합니다. 감사합니다.

필사와 다짐

년 월 일

310일

오늘의 글

이슬비 같은 총리가 되겠다. 조용히 내리지만 땅속 깊이 스며들어 새싹과 꽃을 피우고 싶다.

– 김황식

이해하기

이슬비 같은 사람, 조용히 스며드는 사람이 되겠다. 멋진 마음이고 전략이다. 소낙비, 장대비는 시원하게 내리지만 대부분 쓸려 내려가고 때로는 큰 피해도 준다. 하지만 이슬비는 촉촉이 적시며 깊숙이 스며들어 자양분이 된다. 피해도 없고 시끄럽지도 않게 도움을 준다. 이슬비 같은 사람, 촉촉한 사람이 되자. 오늘도 감사합니다.

필사와 다짐

년 월 일

311 일

오늘의 글

남과의 경쟁에서 이기고 나면 상대는 적이 된다. 다시 위협이 된다. 그래서 진짜 중요한 건 자기와의 싸움이다. 자신과 싸워라.

– 안경수

말 씀

" 자신과의 싸움에서 승리하라 "

창 39 : 7 - 18절

이해하기

두 가지 싸움이 있다. 남과의 싸움과 자신과의 싸움. 남과 싸움의 문제는 끝이 없다는 것이다. 결국 언젠가는 지고 만신창이가 된다. 싸움은 나 자신과 해야 한다. 부작용이 전혀 없고 성장만 있을 뿐. 오늘도 부정적 나와 붙어 보자. 긍정적 나를 만들어 보자. 감사하고 감사합니다.

필사와 다짐

년 월 일

312일

오늘의 글

겸손은 자기 자신을 아는 것이다. 자기 능력과 위치를 제대로 아는 것. 교만은 자기를 모르는 것이다. 자기 분수와 능력을 제대로 모르는 것.

– 김미진

이해하기

자기 자신을 잘 아는 사람은 겸손하다. 자기 자신을 잘 모르는 사람은 교만하다. 자기 자신을 안다는 것이 무엇인가? 나는 수많은 누군가의 도움으로 살고 있다. 내가 가진 모든 것이 수많은 누군가의 노고로 만들어졌다는 사실을 아는 것. 절대 교만할 수 없다. 늘 감사할 뿐이다. 감사합니다.

필사와 다짐

년　　월　　일

313일

오늘의 글

감사할 줄 아는 사람이 반드시 성공할 수 있는 것은 아니다. 하지만 감사할 줄 모르는 사람은 절대 성공할 수 없다.

– 캘러허

이해하기

성공했다는 의미를 살펴보자. 혼자 힘으로 성공했겠는가? 아니면 수많은 사람의 도움으로 성공했겠는가? 성공이 클수록 그 과정에 수많은 사람이 있다. 많은 사람이 나를 도와준 이유가 무엇일까? 감사의 마음이다. 감사는 성공의 절대 필요조건. 성공을 원한다면 감사를 체득해야 한다. 오늘도 감사하고 감사합니다.

필사와 다짐

년　　월　　일

314 일

오늘의 글

비교는 자신으로 살기를 포기하는 행위다. 세상에 좋은 비교가 딱 하나 있는데 바로 과거의 나와 비교하는 것이다.

– 최진석

이해하기

"비교 병" 우리 삶에 얼마나 해롭기에 병명까지 붙었을까. 행복학자들은 이 병이 암보다 무섭다고 한다. 너와 나는 독립적이며 각자 존엄한 존재다. 절대 비교할 수 없는 대상인데 자꾸 비교한다. 비교에는 끝이 없는데 계속 그 수렁으로 들어간다. 나는 나다. 너는 너다. 이것이 분명해야 행복하게 살 수 있다. 감사합니다.

필사와 다짐

년　　　월　　　일

315일

오늘의 글

문제는 우리에게 주어진 시간이 짧은 게 아니라 너무 낭비한다는 것이다. 지혜로운 사람은 하루하루를 자신의 마지막 날처럼 산다.

– 세네카

소중한 것의 낭비는 재밌다.
돈낭비= 짱재밌음
인생낭비=개짱재밌음

이해하기

스티브 잡스가 스탠퍼드대 졸업생에게 "나는 매일 아침 거울을 보며 물어봅니다. 오늘이 내 인생의 마지막 날이다. 오늘 해야 할 일을 진정하고 싶은가? 만일 여러 날 No 라고 답변이 나오면, 나는 길을 바꿔야 한다. 하기 싫은 일로 절대 인생을 채우지 마라." 오늘이 마지막 날이라면 정말 중요한 일만 남는다. 그 일을 해야 한다. 낭비할 수 없는 소중한 오늘이다. 감사합니다.

필사와 다짐

년 월 일

316일

오늘의 글

누구도 내일을 장담할 수 없는 것이 인생. 그래서 지금 이 순간이 너무 소중합니다.

– 법산

지금이순간

이해하기

내일 내가 살아 있음을 장담할 수 있는가? 원리적으론 장담할 수 없다. 하지만 어제도 살았고, 그제도 살았고, 꽤 오랜 기간 무탈하게 살아왔기에 내일도 살 것이라 습관적으로 믿는다. 그러나 예기치 않은 사고나 질병이 닥치면 그제야 깨닫는다. 아! 내일을 장담할 수 없는 건데, 너무 쉽게 대충대충 살았구나. 참으로 소중한 오늘 지금 이 순간이다. 감사하고 감사합니다.

필사와 다짐

년 월 일

317 일

오늘의 글

내 경험으로는 어떤 일을 망설이며 하지 않는 것보다 해 보고 후회하는 편이 훨씬 낫다. 아쉬움이 남지 않기 때문이다.

– 윤석금

이해하기

늘 머릿속에 남아 나를 괴롭히는 것이 있다. 아쉬움과 후회. 그런데 후회보다 아쉬움이 더 깊고 오래간다. "아, 그때 하지 말 걸?" 후회는 사실 별로 없고, 있어도 쓴웃음으로 넘겨 버린다. "아, 그때 그걸 했어야 했는데?" 아쉬움은 죽을 때까지 나를 괴롭힌다. 아쉬움을 남기지 말자. 할 수 있을 때 훅 해보자. 오늘도 감사합니다.

필사와 다짐

년 월 일

318일

오늘의 글

내가 너를 얼마나 사랑하는지 이야기하지 말고, 내가 너를 얼마나 사랑하는지 깨닫게 해주세요.

– 박성철

이해하기

성추행, 성폭행 가해자들은 항변한다. "내가 그녀를 얼마나 사랑하는 줄 아세요? 내 목숨을 바쳐 그녀를 사랑합니다." 일방적인 내 감정을 사랑이라 착각하고 있다. 이것이 얼마나 큰 폭력인지 깨닫지 못하고 있다. 상대가 고마움과 따뜻함을 느껴야 사랑이다. 폭력이 아닌 사랑을 하자. 오늘도 사랑합니다. 감사합니다.

필사와 다짐

년 월 일

319일

오늘의 글

병은 소문내라. 그래야 좋은 의사, 좋은 약을 만날 수 있다. 아픔도 말해야 한다. 밖으로 드러내는 순간 치유된다. 꺼낸 아픔은 더 이상 아픔이 아니기 때문.

– 권시우

이해하기

아픔을 말할 수 있어야 한다. 문제는 말할 사람이 없다는 것. 가장 큰 아픔이 가정에서 만들어지고 있다. 가장 쉽게 드러내고 위로 받아야 할 사람에게 상처를 입고 있다. 가정이 치유처, 안식처가 못 되고 있다. 슬픈 일이다. 나를 돌이켜 보자. 치유자인지, 가해자인지. 늘 따뜻한 마음을 내겠습니다. 감사한 마음을 내겠습니다.

필사와 다짐

년 월 일

320일

오늘의 글

언젠가 죽어서 심판받는 날. 우리에게 던져진 질문은 "얼마나 많은 것을 얻었는가?" 아니라 "얼마나 많은 사랑을 주었는가?" 일거야.

– 어린왕자

이해하기

만일 신이나 염라대왕이 있다고 치다. 올라 온 망자를 심판할 때, 너는 재산이 얼마였냐? 지위는 뭐였냐? 직업은 뭐였냐? 라고 물어볼까. 아니면, 너 좋은 일 뭐 했냐? 사람들 좀 도와줬냐? 내가 만든 동식물 함부로 대하지 않았냐? 라고 물어볼까. 신이 있다면 후자일 거다. 답변을 잘 만들어 놓아야 한다. 오늘도 감사합니다.

필사와 다짐

년 월 일

321 일

오늘의 글

나쁜 사람, 좋은 사람은 없다. 나랑 맞는 사람, 맞지 않는 사람이 있을 뿐. 내 남편은 나랑 잘 맞는 사람인 것 같아요.

– 이효리

이해하기

솔직 효리다운 말. 이 세상에 나쁜 사람, 좋은 사람은 없다. 나쁘다 좋다는 절대 기준이 없기에. 나랑 맞는 사람과 나랑 맞지 않는 사람이 있을 뿐. 비난할 이유가 없다. 나랑 맞지 않는 사람이구나 생각하고 피하면 된다. 그리고 나랑 맞는 사람들과 재미나게 살면 된다. 오늘도 재미나게 살자. 감사합니다.

필사와 다짐

년 월 일

322일

오늘의 글

행복은 주어지는 게 아니라 만드는 것이다. 봄에 씨앗을 뿌려 여름내 잘 가꿔 가을에 수확하듯 행복도 이와 같다.

– 법산

이해하기

행복의 씨앗을 뿌려야 한다. 씨앗은 감사와 긍정의 마음. 명상을 하고 오늘의 글을 필사하며 다짐한다. "감사합니다. 저는 늘 편안합니다." 하루 생활 중 부정적 감정이 들 때 빨리 알아차리고 돌이켜야 한다. "아, 내가 또 놓쳤구나." 이렇게 잘 가꾸면 어느새 행복 사과가 주렁주렁. 오늘도 잘 뿌리고 잘 가꾸겠습니다. 감사합니다.

필사와 다짐

년 월 일

323 일

오늘의 글

행복의 속도는 소달구지 속도다.
주위 사람들과 풍경 이것저것을
다 보고도 남을 만큼의 속도.

– 무명

이해하기

행복이 고갈된 이유가 세상이 너무 빠르기 때문. 돌아보고 주변을 살펴볼 시간을 허락하지 않는다. 삶은 시간과 공간의 조화. 시공간을 충분히 느끼는 사람은 행복하고, 그렇지 못하면 행복하기 어렵다. 여유를 갖고 주변을 살펴보자. 자연을 느껴 보자. 평화와 행복은 아주 가까이 있다. 고맙고 감사합니다.

필사와 다짐

년　　월　　일

324일

오늘의 글

세상에 아름다움이 없다 이야기하지 마라. 나뭇잎의 모양, 그 잎의 떨림같이 세상에는 경이로움으로 가득하다.

– 슈바이처

이해하기

똑같이 생긴 나뭇잎을 보았는가? 인간보다 수천 배 많은 나뭇잎 중 똑같이 생긴 것은 단 하나도 없다. 이 얼마나 경이로운가. 이 세상에 존재하는 모든 만물 중 같은 것은 하나도 없다. 그리고 각자의 역할을 하며 존재하고 있다. 우리도 그렇게 존재한다. 경이롭고 아름다운 세상이다. 오늘도 감사하고 감사합니다.

필사와 다짐

년 월 일

325일

오늘의 글

인연을 구분하라. 진정한 인연이라면 최선을 다해 좋은 인연을 맺으려 노력하고, 스쳐 가는 인연이라면 무심코 지나쳐 버려야 한다.

– 법정

좋은 인연은
만들어 지는게 아니라
만들어 가는 것이다.

이해하기

지혜로운 말씀이다. 그런데 진정한 인연과 스쳐 가는 인연을 구분하기가 쉽지 않다. 하나의 방법은 오는 사람 막지 말고, 가는 사람 잡지 않는다. 오는 사람에게 최선을 다해 준다. 그리고 가는 사람은 인연이 다 된 것이니 쿨하게 보내 준다. 인연 따라 산다. 쿨하게 산다. 오늘도 인연에 충실할 뿐. 감사합니다.

필사와 다짐

년 월 일

326일

오늘의 글

공부는 남에게 과시하기 위한 업적이 아니라, 생을 걸고 모든 것을 바쳐도 될까 말까 하는 정직한 과업이다.

– 정여울

이해하기

공부란 무엇인가? 학창 시절 교과목을 딸딸 외우는 것. 대학 때 전공 학문을 익히는 것. 의사, 교사, 변호사 자격증을 따는 것. 직장에 필요한 기술과 노하우를 습득하는 것. 진정한 공부란 생을 걸고 하는 과업이며, 공자님은 "도"라고 하셨다. 이걸 배우면 오늘 저녁 죽어도 좋다 하셨다. "나는 누구인가?" "어떻게 살 것인가?" 답을 찾는 일. 평생의 과업이고 참 행복의 여정이다. 감사합니다.

필사와 다짐

년 월 일

327일

오늘의 글

나침반 바늘은 늘 흔들린다. 흔들리며 방향을 잡고 있다. 흔들린다는 것은 올바른 방향을 잡으려는 자연스러운 모습이다.

– 김제동

이해하기

모든 생명체는 흔들린다. 외부 환경 변화에 흔들리지 않는 생명체는 없다. 자연스러움이다. 우리 인간도 늘 흔들린다. 이런저런 소리와 압력에 흔들리고 때론 쓰러지기도 한다. 하지만 살아 있기에 다시 일어나 방향을 잡는다. 그리고 조금씩 나아 간다. 오늘도 흔들릴 것이다. 자연스러운 일이다. 감사한 일이다.

필사와 다짐

년 월 일

328일

오늘의 글

호박에 줄을 그어 수박이 되려 하지 마라. 호박이 존재하는 건 호박이 필요하기 때문이다.

– 명진

이해하기

호박이 줄을 긋는 이유가 무엇인가? 수박이 되고 싶기 때문. 성형수술을 하는 이유가 무엇인가? 수박같이 둥글고 예뻐지고 싶기 때문. 열등감의 표현이다. 호박이 얼마나 필요하고 소중한 존재인지 모르기 때문. 줄을 긋지 말자. "저는 열등합니다."라고 외치지 말자. 이 세상에 열등한 존재는 존재하지 않는다. 감사합니다.

필사와 다짐

년 월 일

329 일

오늘의 글

다람쥐 쳇바퀴 돌 듯 바쁘게 움직이나 한 발도 나아가지 못한다. 열심히 사는 게 전부가 아니다.

– 법륜

이해하기

다람쥐 쳇바퀴 돌 듯 살고 있다. 열심히 사는데 나아진다는 느낌이 없다. 왜냐하면 쳇바퀴를 돌리고 있기 때문. 집, 회사, 집의 쳇바퀴에서 나와야 한다. 새로운 사람을 만나고, 새로운 것을 배우고, 새로운 환경에 노출돼야 한다. 그래야 생기가 돋고 새로워진다. 쳇바퀴 안에서 나와야 한다. 오늘도 감사합니다.

필사와 다짐

년 월 일

330 일

오늘의 글

생각의 힘은 매우 크다. 지금 당신의 모습은 과거 당신 생각의 결과이고, 지금 당신 생각이 미래 모습이 될 것이다.

– 김승호

꾸준함이 특별함을 만든다.

이해하기

생각의 힘은 정말 크다. 이걸 하겠다, 얻겠다, 되겠다, 마음먹고 꾸준히 하면 정말 이루어진다. 그런데 이루어지지 않는 이유는 지속력이 없기 때문. 자극을 받아 크게 마음을 내도 시간이 지나고 상황이 바뀌면 그 마음이 바뀐다. 변하는 마음을 살피며 꾸준히 실행하는 것을 수행이라 한다. 미래의 변화는 현재의 꾸준함이 만든다. 오늘도 필사와 다짐을 하는 이유다. 감사합니다.

필사와 다짐

년 월 일

331 일

오늘의 글

해결할 수 있는 일은 걱정할 필요가 없고, 해결할 수 없는 일은 걱정해도 소용 없다.

– 티벳속담

이해하기

어떤 경우에도 걱정할 필요가 없다는 말. 우리가 걱정하는 이유는 해결할 수 있을까, 없을까에 대한 불확신에서 비롯. 그런데 누구도 확신할 수 없다. 문제가 발생하면 내가 할 수 있는 일을 하면 된다. 해결될 일은 해결될 것이요, 해결되지 않는 일은 안 될 것이다. 걱정은 필요 없다. 행동이 필요할 뿐이다. 오늘도 감사합니다.

필사와 다짐

년 월 일

332 일

오늘의 글

내가 할 수 있다 생각한다고 꼭 이루어지는 건 아니지만, 내가 할 수 없다 생각하면 절대 할 수 없다.

– 이치로

이해하기

아시아 최고의 야구선수. 메이저리그 최초 3,000안타, 500도루, 골든글러브 10회 수상, 2000년대 최고 외야수 중 한 명. 노력 광인 그는 "제가 최고의 선수가 될 수 있었던 이유는 저보다 많이 연습한 선수가 없었기 때문입니다. 저는 단 한 번도 저 자신과 맺은 약속을 어긴 적이 없습니다." 대단한 사람이다. 나 자신과 맺은 약속은 꼭 지킨다. 오늘도 지킨다. 감사합니다.

필사와 다짐

년　　월　　일

333 일

오늘의 글

희망은 하늘에서 뚝 떨어지는 열매가 아니다. 희망은 우리가 품고 만들어 가는 것이다.

– 문정인

이해하기

희망은 운 좋게 주어지는 복권이 아니다. 희망은 품고 정성을 들여야 병아리가 나오는 계란 같은 것. 함부로 대하면 안 된다. 금방 깨져 버린다. 희망은 조심스럽게 정성 들여 키워야 한다. 희망이 있으면 절대 불행해지지 않기에 소중한 것이다. 오늘도 희망을 정성으로 품는다. 감사하고 감사합니다.

필사와 다짐

년　　월　　일

334 일

오늘의 글

수처작주(隨處作主) – 어떤 곳, 어떤 상황이든 주인이 되라.

– 석가모니

이해하기

모임의 분위기를 주도하는 사람이 되라고 오역하는 경우가 많다. 수처작주는 상대나 환경에 미혹되지 않고 내 중심을 잘 지키는 것을 말한다. 어떤 곳, 어떤 상황에서도 유혹, 압력, 이해타산에 흔들리지 않고 부끄럽지 않은 당당한 주인이 되는 것. 나는 당당한 내 인생의 주인입니다. 감사합니다.

필사와 다짐

년 월 일

335일

오늘의 글

지옥을 만드는 법은 간단하다. 가까이 있는 사람을 미워하면 된다. 천국을 만드는 법도 간단하다. 가까이 있는 사람을 사랑하면 된다.

– 조정민

이해하기

천국과 지옥, 딱 한마음 차이다. 미워하는 마음을 내면 지옥이요, 사랑하는 마음을 내면 천국이다. 원효대사가 해골 물을 먹고 한마음 차이로 천국과 지옥을 느꼈듯, 내 마음 하나로 이곳이 천국이고 지옥이다. 천국과 지옥, 멀리 있는 것이 아니라 바로 여기에 있다. 오늘도 천국을 만들겠습니다. 감사합니다.

필사와 다짐

년 월 일

336일

오늘의 글

어차피 고달프지 않은 인생 없고 힘겹지 않은 삶이 없다. 그런 인생살이 속에서 희망을 만드는 건 우리 자신이다.

– 조정래

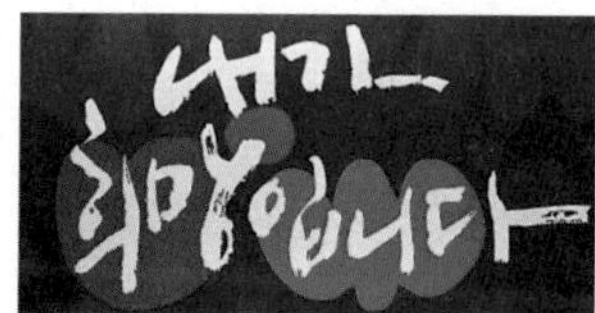

이해하기

인생은 괴로움이다. 너무 번거롭고 복잡하다. 부처님도 삶은 생로병사고, 모든 과정이 고통(苦)이라 하셨다. 이 괴로움을 극복하는 것이 우리의 숙제요 사명. 이 극복의 힘을 희망이라 한다. 내 희망은 내가 만들어야 한다. 내 행복도 내가 만들어야 한다. 오늘도 희망과 행복을 선택한다. 감사합니다.

필사와 다짐

년 월 일

337 일

오늘의 글

청산은 나를 보고 말없이 살라 하고
창공을 나를 보고 티없이 살라 하네.
탐욕도 벗어 놓고 성냄도 벗어 놓고
물같이 바람 같이 살다가 가라 하네.

– 나옹선사

물같이 바람같이

이해하기

말없이 티 없이 살라는 의미는 말과 행동을 경계하라는 뜻. 왜냐하면 모든 과보가 말과 행동에서 만들어지기 때문. 탐욕과 성냄은 불가에서 가장 강력한 독이다. 이것에 중독되면 어리석은 말과 행동으로 평생 괴로움의 과보에서 벗어날 수 없다. 오늘도 물같이 바람같이 가볍게 살자. 감사합니다.

필사와 다짐

년 월 일

338 일

오늘의 글

명성을 쌓는 데는 20년이 걸린다. 근데 그 명성을 망가뜨리는 데는 채 5분도 걸리지 않는다. 행동을 조심해야 한다.

– 워렌 버핏

이해하기

실수는 한순간이다. 순간의 내 마음을 통제하지 못하고 훅 뱉어버리고 저질러 버린다. 이런 실수로 낙마하는 사람이 얼마나 많은가. 지금까지 쌓아온 명성이 얼마나 허망하게 사라지던가. 뉴스에 매일 나온다. 나중에 억울해하지 말고 늘 마음 상태를 알아차려야 한다. 한순간이다. 오늘도 잘 살피겠습니다. 감사합니다.

필사와 다짐

년 월 일

339일

오늘의 글

누군가에게 용기를 주고 좋은 영향을 끼친다면 그보다 행복한 일은 없을 것입니다.

– 도리스 롤랑

이해하기

행복에 두 가지 느낌이 있다. 하나는 나를 통해 얻는 느낌. 늘 고요하고 안정된 상태, 즉 평정심을 느낄 때다. 다른 하나는 상대를 통해 얻는 느낌. 상대가 행복해하고 고마워할 때 느끼는 감정. 이를 보람이라 한다. 누군가에게 용기를 주고 좋은 영향을 끼친다는 것. 보람의 행복감이다. 오늘도 행복하게 살겠습니다. 감사합니다.

필사와 다짐

년 월 일

340일

오늘의 글

저녁 때 돌아갈 집이 있다는 것
힘들 때 마음 나눌 사람이 있다는 것
외로울 때 혼자 부를 노래가 있다는 것
– 나태주

이해하기

"행복"이라는 시다. 행복에 필요한 3가지 요소. 하나는 물질, 최소한의 의식주를 말한다. 하나는 사람, 그냥 사람이 아니라 마음을 나눌 수 있는 사람을 말한다. 마지막은 문화, 노래 · 시 · 책 · 그림 · 악기 · 여행 등을 말한다. 이 3가지를 가지고 있으면 행복한 사람. 부족한 것이 있다면 보충하자. 오늘도 행복합니다. 감사합니다.

필사와 다짐

년 월 일

341 일

오늘의 글

배는 항구에 있을 때 안전하다. 그러나 그것이 배의 존재 이유는 아니다. 배는 정박이 아닌 너른 바다에서 항해를 해야 한다.

– 괴테

이해하기

이 세상 모든 만물은 각자의 존재 이유가 있다. 배는 배로서, 돌은 돌로서, 꽃은 꽃으로, 토끼는 토끼로. 사람의 존재 이유는 무엇일까? 그냥 자연스럽게 사는 것이다. 이 세상에 해를 끼치지 않고 그냥 자유롭게 살면 된다. 꽃같이 토끼같이 자기 입 벌이하며 자유롭게 살면 된다. 오늘도 편안합니다. 감사합니다.

필사와 다짐

년　　월　　일

342 일

오늘의 글

요즘 다들 불안해한다. 미래에 대한 불안이 크다. 근데 이게 얼마나 감사한 일인지 아는가? 살아 있으니 불안한 거다. 살아있다는 확실한 증거다.

– 신영철

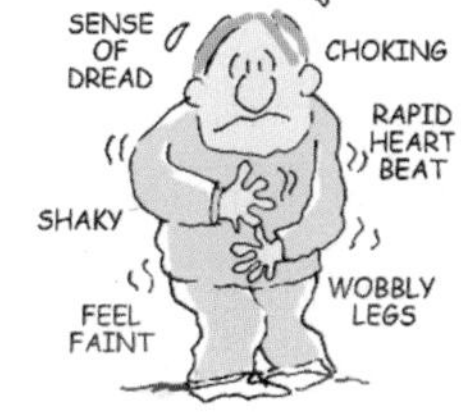

이해하기

관점의 중요성을 말하고 있다. 불안한 마음을 불안으로 보는 것이 아니라 살아 있다는 증거로 본다. 이를 긍정적 관점의 전환이라 한다. 잘 살아 있어 불안한 것이니 이를 감사히 여기고 즐겨라. 불안아, 계속 와라. 나는 오래오래 살고 싶다. 오늘도 감사합니다.

필사와 다짐

년 월 일

343 일

오늘의 글

후회 가득한 과거와 불안한 미래로 지금을 망치지 마세요. 오늘을 살아가세요. 눈이 부시게. 당신은 그럴 자격이 있습니다.

– 김혜자

이해하기

연기 생활 60년의 국민 엄마. 드라마 "눈이 부시게" 엔딩 대사다. 이어지는 말. "삶은 때론 불행했고 행복했습니다. 그래도 살아서 좋았습니다. 새벽의 쨍한 차가운 공기, 꽃이 피기 전 부는 달큼한 바람, 해 질 무렵 우러나오는 노을의 냄새. 어느 한 가지 눈부시지 않은 날이 없었습니다." 오늘도 눈부신 날이다. 감사합니다.

필사와 다짐

년 월 일

344일

오늘의 글

행복도 내가 만드는 것이네. 불행도 내가 만드는 것이네. 진실로 그 행복과 불행, 다른 사람이 만드는 것 아니네.

– 석가모니

이해하기

행복과 불행. 내가 만드는 것인가? 다른 사람이 만드는 것인가? 중요한 질문이다. 내가 만든다고 확연히 알면, 내가 행복을 만들 수 있다. 남이 만든다고 여전히 믿으면, 죽을 때까지 행복을 만들 수 없다. 남의 노예로 살 수밖에. 중요한 질문이다. 행복과 불행은 내가 만들어 내가 받는 것. 오늘도 내 행복을 내가 만든다. 감사합니다.

필사와 다짐

년 월 일

345일

오늘의 글

희망을 버리면 안 돼요. 버렸다면 다시 주워 담으세요. 희망은 남의 것이 아니라 내 것이라 버렸으면 도로 주워 담아야 해요. 인생은 끝까지 모르는 겁니다.

– 박막례

이해하기

130만 구독자를 가진 유튜버 할머니. 정규 교육을 받은 적 없고 재봉 학원 6개월이 전부. 꼰대의 장노년 세대와 달리 호기심으로 이것저것 다 해본다. "남 눈치 볼 것 없다. 나한테 맞으면 된다."를 외치며 사는 자유로운 할머니. 젊은 세대들이 열광하는 이유다. 인생은 끝까지 가봐야 한다. 오늘도 가볍게 가자. 감사합니다.

필사와 다짐

년 월 일

346일

오늘의 글

왜 남의 장단에 맞추려 하나. 북치고 장구 치고 니 하고 싶은 대로 신나게 놀다 보면 그 장단에 맞추고 싶은 사람들이 와서 같이 춤추는 거여.

– 박막례

이해하기

내가 주인이 돼라. 왜 남의 장단에 놀아나려 하냐. 내가 하고 싶은 일을 신나게 재미나게 해봐. 그러면 뭐 좋은 일이 있나 사람들이 기웃거리지. 그리고 같이하자고 부탁할 거야. 부탁을 안 해도 좋아. 내가 좋으니까. 오늘도 신나게 살아 보는 거야. 감사하고 감사합니다.

필사와 다짐

년 월 일

347일

오늘의 글

배움은 평생 즐길 수 있는 놀이다. 인생의 마지막 날까지 배움의 즐거움을 놓치지 마세요.

– 법산

이해하기

배움이 놀이라는 말에 동의하는가? 한국 사회에서 배움은 고통이지 놀이라 생각지 않는다. 그런데 확실히 놀이다. 옛날 교실에서 몰래 만화책, 소설책을 보았다. 엄청난 놀이였다. 왜냐하면 자발적 배움이었기에. 자발적이면 놀이가 된다. 평생 할 수 있는 손쉬운 놀이, 배움. 그 즐거운 맛을 회복하자. 오늘도 논다. 감사합니다.

필사와 다짐

년 월 일

348일

오늘의 글

내 인생에 가장 소중한 시간은 지금이요. 가장 소중한 사람은 지금 만나는 사람이요. 가장 소중한 일은 지금 만나는 사람에게 기쁨과 웃음을 주는 일이다.

– 톨스토이

이해하기

인생을 어떻게 살아야 하는지 깔끔히 정리해 준다. 지금 이 시간이 가장 소중하기에 최선을 다한다. 그 시간에 사람이 있다면 정말 소중한 사람이니 그에게 기쁨과 웃음을 주도록 최선을 다한다. 오늘 주어진 시간, 일, 사람에게 최선을 다한다. 내 인생에 가장 소중한 시간, 일, 사람이기에. 오늘도 감사합니다.

필사와 다짐

년 월 일

349 일

오늘의 글

도망치는 것은 용기가 없기 때문이 아니라, 용기가 있기에 도망칠 수 있는 것이다.

– 야마구치슈

제36계
주위상
走爲上

이해하기

손자병법 36번째 전략(삼십육계). 이도 저도 안 될 위급 상황이면 도망가는 게 상책. 그래야 훗날을 도모할 수 있다. 도망은 냉철한 판단과 용기가 필요한 전략이다. 내가 도저히 감당하기 어려운 일이 주어지면 가볍게 말한다. "죄송합니다. 저는 감당할 능력이 안 됩니다." 이것이 용기이고 내가 사는 전략이다. 감사합니다.

필사와 다짐

년 월 일

350일

오늘의 글

우리는 언제나 누군가를 사랑하고 있습니다. 우리는 언제나 누군가의 사랑을 받고 있습니다. 우리는 모두 사랑으로 삽니다.

– 이순원

이해하기

사랑을 은혜로 바꾸면 이해하기 쉽다. 우리 삶은 수많은 사람의 노고와 은혜로 살고 있다. 결코 혼자 살 수 없다. 물 한 모금, 밥 한 그릇, 과일 한 개, 빵 한 조각, 냉장고, 세탁기, 자동차, 모든 것이 수많은 사람의 노고와 은혜다. 모두의 사랑이다. 고맙고 감사합니다.

필사와 다짐

년　　월　　일

351 일

오늘의 글

나이가 한 살 더 든다는 건 봄을 한 번 더 본다는 것. 사는 게 특별하거나 대단한 일이 아니다. 다만 봄을 한 번 더 본다는 것.

– 박웅현

이해하기

사는 게 특별하거나 대단한 일이 아니다. 특별해야 하고 대단한 일로 생각하는 것은 사람의 인식일 뿐. 우리 삶이 산속에 풍뎅이, 다람쥐와 별반 차이가 없다. 그냥 주어졌고 주어진 만큼 살다가 자연으로 돌아가는 것. 문제는 주어진 삶을 어떻게 사느냐? 행복하게 살 것인가? 괴롭게 살 것인가? 오늘도 나는 행복을 선택한다. 감사합니다.

필사와 다짐

년 월 일

352 일

오늘의 글

욕심으로 내 삶을 가득 채운 후 높아져 버린 무게 중심으로 뒤뚱거리며 위태하게 살고 있지 않은가? 내 삶의 무게 중심을 낮춰야 한다.

– 법인

이해하기

병이 가득 차 무게가 많이 나가면 중심이 높아져 쉽게 쓰러진다. 중심을 잡고 버티려면 많은 힘도 필요하다. 또 병에 아무것도 없으면 너무 가벼워 쉽게 날아간다. 너무 차도 위태롭고 너무 없어도 위태롭다. 먹고살 만큼만 적당히 있는 게 안전하다. 채움의 수위를 잘 조절해야 한다. 오늘도 잘 조절하겠습니다. 감사합니다.

필사와 다짐

년 월 일

353일

오늘의 글

남들이 나를 어떻게 생각할까 늘 고민하는 사람은 언젠가 깜짝 놀랄 것이다. 남들은 나에게 별로 관심이 없다는 사실을 알면.

– 러셀

이해하기

사실이다. 남들은 나에게 전혀 관심이 없다. 얼굴을 마주치면 그때 잠시 관심 있는 척 말하는 것일 뿐. 이 사실을 확연히 알면 걱정이 반 이상 줄어든다. 남에게 해가 되는 일이 아니면 눈치 보지 말고 자유롭게 해라. 정말 상대는 본인 외에는 관심이 없다. 나도 그렇다. 오늘도 자유롭게 살겠습니다. 감사합니다.

필사와 다짐

년 월 일

354일

오늘의 글

오늘 나는 새롭게 태어난 사람입니다. 지난날을 원망하고 후회하며 낡은 삶을 살아가는 인생. 매일 아침 새로운 삶을 살아가는 인생. 선택은 나에게 있습니다.

– 법륜

이해하기

매일 아침, 선택을 해야 한다. 과거에 얽매인 낡은 삶을 살 것인가. 아니면 오늘 새롭게 태어난 새로운 삶을 살 것인가. 지난 일, 지난 생각은 모두 과거일 뿐. 매일 아침 나는 새로운 삶을 시작한다. 오늘은 새로운 날이고 새로운 삶이다. 감사하고 감사합니다.

필사와 다짐

년　　월　　일

355 일

오늘의 글

가족들이 서로 맺어져 하나가 되어 있다는 것이 이 세상에서 가장 큰 행복이다.

– 퀴리 부인

이해하기

가족이 가장 큰 행복이라는 말, 요즘은 동의하기 쉽지 않다. 왜냐하면 자본에 의해 가족이 붕괴됐기 때문. 사랑으로 맺어져 따뜻한 하나가 돼야 하는데, 자본과 이익으로 맺어져 차가운 모래성이 되었다. 자본이 아닌 사랑으로 돌아가야 한다. 가족 가치의 회복이 절실한 시대다. 사랑하겠습니다. 고맙고 감사합니다.

필사와 다짐

년 월 일

356일

오늘의 글

바꿀 수 있는 것을 바꾸려는 용기와,
바꿀 수 없는 것을 당당히 받아들이는
평온함을 갖게 하소서.

– 최인철

이해하기

바꿀 수 있는 것과 바꿀 수 없는 것을 구별하는 지혜가 필요하다. 과연 바꿀 수 있을 것인가? 바꿀 수 있다면 무엇을 어떻게 바꿔야 하는가? 시간과 노력과 자원은 얼마나 들 것인가? 이것에 대한 답이 나오면 용기를 사용하면 된다. 그렇지 않으면 편안히 수용하는 게 제일이다. 바꾸는 것은 어렵고 특별한 일이다. 오늘도 감사합니다.

필사와 다짐

년 월 일

357 일

오늘의 글

사람은 받는 것으로 생계를 꾸리고, 주는 것으로 인생을 꾸린다.

– 처칠

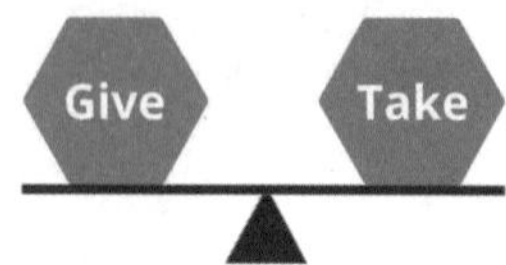

이해하기

'꾸리고'를 '풍요롭게'로 바꾸면 이해하기 쉽다. 사람은 받는 것으로 생계를 풍요롭게 하고, 주는 것으로 인생을 풍요롭게 한다. 늘 받으려고만 하니 생계는 풍요로울지 몰라도 인생은 풍요롭지 않다. 인생의 풍요로움, 가치, 보람, 행복은 받는 것이 아니라 주는 것. 또한 주어야 받을 수 있다. 오늘도 베풀겠습니다. 감사합니다.

필사와 다짐

년 월 일

358 일

오늘의 글

이케아(IKEA) 효과 – 다른 누군가가 만들어 준 것보다 자신이 직접 만든 것에 더 가치를 부여하는 현상.

– 미디어

이해하기

인간의 본성이다. 나의 수고로움, 나의 시간과 노동이 들어갔기 때문. 우리가 물건을 못 버리는 이유, 옛 애인이나 친구 가까운 사람을 잊지 못하는 이유도 이와 같다. 그래서 물건을 살 때나 사람을 사귈 때 신중해야 한다. 왜냐하면 나중에 버리기 어렵고 잊기 어렵기 때문. 인연을 잘 맺고, 맺은 인연은 소중히 해야 한다. 소중한 인연에 감사합니다.

필사와 다짐

년 월 일

359 일

오늘의 글

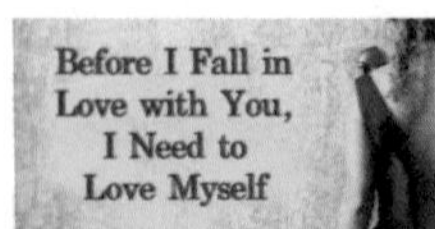

내가 나를 위하지 않는다면 누가 나를 위하겠는가? 그리고 나만을 위해 산다면 삶의 의미가 무엇이겠는가? 그리고 지금 실천하지 않으면 언제 하겠는가?

– 탈무드

이해하기

내가 나를 사랑하지 않는데 누가 나를 사랑하겠는가? 내가 나를 사랑하지 못하는데 어떻게 남을 사랑하겠는가? 사랑의 시작은 나를 사랑하고 위하는 것이다. 그래야 상대를 위한 삶까지 나아갈 수 있다. 당장 실천하자. 나를 아끼고 사랑하자. 이것이 남을, 세상을, 우주를 사랑하는 첫걸음이다. 사랑합니다. 감사합니다.

필사와 다짐

년 월 일

360일

오늘의 글

아직 배울 게 많다고 생각하는 사람은
나이와 상관없이 젊은 사람이다.

– 류진바오

이해하기

두 가지 성장이 있다. 육체적 성장과 정신적 성장. 육체적 성장은 30대에서 멈춰 점차 쇠퇴한다. 하지만 정신적 성장은 배움이 계속되는 한 지속된다. 100세 철학자 김형석 교수는 경험상 90세까지 사고력이 향상한다고 말한다. 배우는 사람은 정신적으로 성장하는 젊은 사람. 젊음을 유지하는 비결은 배움이다. 오늘도 잘 배우겠습니다. 감사합니다.

필사와 다짐

년 월 일

361 일

오늘의 글

자기가 태어나기 전보다 세상을 좀 더 살기 좋은 곳으로 만들어 놓고 떠나는 것. 내가 살았음으로 단 한 사람의 인생이라도 행복하게 만드는 것. 이것이 진정한 성공이다. – 에머슨

이해하기

어려운 일이다. 지금 같은 소비 문명에서 세상을 좀 더 살기 좋은 곳으로 만들어 놓고 떠나는 사람은 한 사람도 없을 것. 결국 단 한 사람이라도 행복하게 만드는 일이 남았는데, 이 또한 쉽지 않다. 일단 나부터 행복해져야 하는데, 이를 위해 꾸준한 노력과 연습이 필요하기 때문. 아무튼 최대한 적게 소비하고 일단 나부터 빨리 행복해지자. 내가 행복해져야 주변이 행복해진다. 오늘도 행복합니다. 감사합니다.

필사와 다짐

년　　월　　일

362일

오늘의 글

행운의 네 잎 클로버를 찾으며 그 옆에 있는 행복의 세 잎 클로버를 짓밟는다. 행운이 아닌 바로 옆 행복을 찾으면 좋겠어요.

– 인순이

이해하기

우리의 어리석은 모습을 클로버 꽃말로 잘 표현했다. 클로버 잎에 각각의 의미가 있다. 첫 잎은 희망, 둘째 잎은 믿음, 셋째 잎은 사랑. 그래서 세 잎 클로버의 꽃말은 행복이다. 넷째 잎은 행운. 네 잎 클로버 발견 확률은 약 20,000 : 1로 0.005%. 이 확률을 위해 절대 행복을 짓밟지 말자. 정말 어리석은 짓이다. 오늘도 행복을 선택한다. 감사합니다.

필사와 다짐

년　　월　　일

363일

오늘의 글

빛은 나의 눈을 뜨게 하고 어둠은 나의 마음을 뜨게 한다. 아름다움은 나의 눈을 즐겁게 하고 시련은 나의 마음을 튼튼케 한다. 긍정의 마음을 가지면 세상에 나쁠 일이 하나도 없다. – 진우의

이해하기

긍정의 힘이다. 세상 사람들은 좋다, 나쁘다, 즐겁다, 괴롭다고 하지만 긍정의 마음을 가진 사람은 이래도 좋고 저래도 좋다. 이래도 유익하고 저래도 유익하다. 그래서 세상에 겁나는 게 없다. 자유인이 되는 것이다. 오늘도 이래도 좋고 저래도 좋다. 일어나는 일은 다 좋은 일이다. 감사하고 감사합니다.

필사와 다짐

년 월 일

364일

오늘의 글

모든 것은 변한다. 안 좋을 때 좋아질 때를 대비하고, 계속 좋을 때 안 좋을 때를 대비하는 사람을 지혜롭다고 한다.

– 바루크

이해하기

안 좋을 때는 죽겠다 아우성을 치고, 좋을 때는 계속 좋겠지 방심한다. 중생의 삶이다. 지혜로운 사람은 자연법칙을 안다. 낮과 밤이 교차한다는 사실을, 봄 · 여름 · 가을 · 겨울로 순환 한다는 사실을, 계속 날이 맑으면 사막이 된다는 사실을. 모든 것은 변한다. 변화에 대비하는 지혜로운 사람이 되자. 감사합니다.

필사와 다짐

년　　월　　일

365일

오늘의 글

인생의 가장 큰 영광은 절대 넘어지지 않는 것이 아니라 넘어질 때마다 다시 일어서는 데 있다.

– 만델라

이해하기

반역죄로 27년간 감옥 생활을 했고, 남아공 최초 흑인 대통령, 노벨평화상 수상자가 되었다. 27년을 상상할 수 있는가? 우리가 위인, 영웅이라 칭하는 모든 사람은 위기에서 다시 일어선 사람들이다. 다시 일어나지 않으면 영광이란 있을 수 없다. 행복도 있을 수 없다. 죽기 전까지 일어날 뿐이다. 감사하고 감사합니다.

필사와 다짐

년 월 일

말씀자 찾아보기 | INDEX

"이 책은 늘 가까이 두고 마음이 요동칠 때 다시 읽고 필사와 다짐을 합니다"

축하합니다.
당신의 인내와 꾸준함에 경의를 표합니다.
확신하건대 당신은 1년 전의 모습이 아닙니다.
긍정과 감사의 마음을 가진 사람입니다.
어떤 장애와 어려움을 만나도 능히 이겨낼 수 있는 마음의 힘을 가진 사람입니다.
365일 필사와 다짐을 한 이 책은 당신의 나침반이며, 당신만의 바이블입니다. 늘 가까이 두고 수시로 또는 마음이 요동칠 때 다시 읽고 필사와 다짐을 합니다.
그리고 당신은 〈실천 편〉으로 넘어가도 좋습니다.
인생의 고수들이 어떻게 말하고 행동하여 운명을 개척했는지 구체적인 실천 단계로 나아갑니다.
내가 내 인생의 주인이 되어 나의 행복, 나의 자유를 반드시 쟁취합니다.

“이 세상 모든 것에 감사하자”

매일 아침 감사의 기도를
1년 정도 하면
뇌가 감사를 무의식적으로
받아들인다.
즉 마음이 변한다.
마음은 생각과 의지로
바뀌지 않는다.
오로지 꾸준한 세뇌 연습을 통해
서서히 바뀐다.
왜냐하면 하루아침에
만들어진 것이 아니기 때문.

운명을 바꾸는 365일

[마음 편]

초판인쇄 2021년 07월 20일
초판발행 2021년 07월 28일

지은이 이종명
발행인 조현수
펴낸곳 도서출판 프로방스
마케팅 최관호
IT 마케팅 조용재 백소영
교정교열 권 표
디자인 디렉터 오종국 Design CREO

ADD 경기도 고양시 일산동구 백석2동 1301-2
넥스빌오피스텔 704호
전화 031-925-5366~7
팩스 031-925-5368
이메일 provence70@naver.com
등록번호 제2016-000126호
등록 2016년 06월 23일

정가 18,500원
ISBN 979-11-6480-150-3 03810